BASTEI
LÜBBE

BASTEI LÜBBE JOHN SINCLAIR IM TASCHENBUCH-PROGRAMM:

73 225 Geboren in der Hölle
73 226 Die Macht der Medusa
73 227 Urlaub im Höllenclub
73 228 Schrecken der Nacht
73 229 Die Zombie-Jäger
73 230 Das Blut-Skelett
73 231 Das Legat der Toten
73 232 Assungas Liebesnest
73 333 Werwolf-Hölle
73 334 Arams Sündenbabel

GEISTERJÄGER

JOHN SINCLAIR

Jason Dark

DAS HORROR-HIRN

Horror-Roman

BASTEI LÜBBE

BASTEI LÜBBE TASCHENBUCH
Band 73 235

1. Auflage: November 2000

Vollständige Taschenbuchausgabe

Bastei Lübbe Taschenbücher
ist ein Imprint der
Verlagsgruppe Lübbe

Originalausgabe

Titelillustration: Koveck / Norma Agency, Barcelona
Umschlaggestaltung: QuadroGrafik, Bensberg
Satz: Fotosatz Steckstor, Rösrath
Druck und Verarbeitung:
AIT Trondheim SA, Norwegen
Printed in Norway

ISBN 3-404-73235-9

Sie finden uns im Internet unter
http://www.luebbe.de
und
http://www.bastei.de

Der Preis dieses Bandes versteht sich einschließlich der gesetzlichen Mehrwertsteuer

Die Stimme kam vom Band. Sie klang technisch, obwohl ein Mensch sprach. Das Band stand auf einem Tisch. Zwei Männer saßen sich gegenüber. Sie hörten die Stimme bereits zum dritten Mal. Das war wichtig. Nichts sollte ihnen entgehen.

Es war nur eine Lichtquelle im Raum. Die Lampe war an der Wand angebracht worden. Ihr Schein erreichte den Tisch kaum, so dass die beiden Männer mehr wie starre Schatten wirkten.

»Ihr werdet zuerst ihn holen. Danach die anderen. Bereitet alles ruhig vor. Ihr habt Zeit. Ihr könnt beobachten. Ihr seid die Besten, habe ich mir sagen lassen. Merkt euch ihre Namen. Merkt sie euch genau. Vergesst sie niemals. Ich zähle sie noch einmal auf. Zuerst John Sinclair, danach der Chinese Suko, und zuletzt Sir James Powell . . .

Joggen – für viele Menschen ist es die große Leidenschaft. Für mich weniger, denn ich bin der Meinung, dass mein Beruf genügend Action und Bewegung mit sich bringt. Deshalb hatte ich bisher gut auf das Joggen verzichten können.

Nicht aber Glenda Perkins. Sekretärin und Assistentin zugleich. Einmal ist keinmal, hatte sie stets wiederholt und mir außerdem von ihren eigenen Erfolgen berichtet. Wie gut ihr das Laufen tat, dass sie schon abgenommen hatte und den Abend viel besser genießen konnte, wenn sie vom Joggen nach Hause kam. Besonders im Frühling machte es großen Spaß, wenn die Kälte vorbei war und auch noch am Abend die Sonne ihre Strahlen schickte.

Ich hatte mich oft aus dienstlichen Gründen herausreden können, was im Übrigen auch stimmte, weil ich am Abend und in der Nacht genug unterwegs war.

Aber es gab auch Tage, die man im Büro verbrachte, und genau darauf hatte Glenda spekuliert.

»Einrosten. Am Schreibtisch sitzen. Sich durch Papiere und Akten quälen, John. Abends nach Hause kommen, trotzdem kaputt sein und sich fragen, was habe ich überhaupt gemacht? Wenn du dann joggst, fühlst du dich gleich besser.«

»Meinst du?«

»Sicher doch. Du brauchst es nur auszuprobieren.«

»Gut, ich bin dabei.«

»Herrlich.« Sie strahlte. »Wann?«

»Keine Ahnung, Glenda. Wenn es passt.«

Es passte irgendwann. Der Tag war gut, ich brauchte nicht weg, und schon am Morgen hatte mich Glenda angerufen und mich daran erinnert, dass wir nach Feierabend losjoggen würden und ich unbedingt an die Klamotten denken sollte.

»Alles klar.«

So etwas Ähnliches wie einen Jogging-Anzug hatte ich. Die entsprechenden Schuhe auch. Zwar entsprachen die Utensilien nicht der neuesten Mode, aber sie passten, und alles andere war mir im Prinzip egal. Ich wollte ja keinen Schönheitswettbewerb gewinnen.

Den Tag verbrachte ich im Büro mit allem möglichen Schreibkram. Suko, der Bescheid wusste, erkundigte sich süffisant, ob ich nicht lieber mit ihn zum Training gehen wollte.

Da lehnte ich ab, denn in den Ring zu steigen, war auch nicht mein Ding. Dann lieber laufen . Am frühen Abend und an einem Ort, der von Joggern nicht überfüllt war. Glenda hatte da ihre Erfahrungen. Sie hatte von den Themseauen gesprochen, und ich wollte sie mit meinem Rover bis ans Ziel mitnehmen.

An diesem Tag glitt mein Blick öfter als gewöhnlich in Richtung Bürofenster. Bei diesem blauen Himmel war es wirklich eine Schande, die Stunden zwischen den Bürowänden abzusitzen, aber das alles ließ sich ertragen.

Ich beschäftigte mich mit Aufarbeitungen, schrieb kurze Berichte und telefonierte auch mit den Conollys, wobei ich nur Sheila erreichte, denn Bill war unterwegs.

Als sie von meinen abendlichen Plänen erfuhr, war sie Feuer und Flamme. Sie hätte gern gehabt, dass ihr Mann Bill mitjoggte, weil sie der Ansicht war, dass er zu viel Rost ansetzte, aber technisch war das nicht möglich. Bill hatte sich bis zum späten Abend abgemeldet.

Also musste ich mit Glenda allein los.

War ja auch nicht schlecht, wenn ich ehrlich sein sollte, denn nach der ersten Jogging-Lektion war der Abend noch nicht beendet. Da konnte man durchaus noch etwas unternehmen.

Als sie zwischendurch ins Büro kam, fragte ich sie danach. »Was machen wir denn nach der Laufarbeit?«

Sie gab sich erstaunt. »Wieso?«

Ich grinste breit. »Na ja, dann ist der Abend noch nicht beendet. Man könnte etwas unternehmen.«

»Du wirst kaputt sein.«

»Meinst du?«

»Klar. Das passiert immer beim ersten Mal. Du wirst froh sein, wenn du dich wieder hinlegen kannst. Das Laufen ist richtige Arbeit. Lass es dir gesagt sein.«

Ich hob die Schultern. »Du musst es ja wissen, Glenda. Du alte Jogging-Queen.«

»Klar.«

Ich ließ nicht locker. »Aber man bekommt doch Durst.«

»Dagegen gibt es spezielle Getränke. Verlass dich nur auf mich.« Wissend lächelnd zog sie sich zurück.

Ich konnte nur meinen Freund und Kollegen Suko, der mir gegenübersaß, anschauen.

»Kein Mitleid, John. Das hast du dir selbst eingebrockt. Aber es wird dir wirklich Spaß machen.«

»Jetzt fängst du auch noch an.«

»Klar.«

»Wenn es zu schlimm kommt, wirst du mich morgen früh hier im Büro nicht mehr sehen. Dann bin ich platt. Dann bleibe ich zu Hause. Da kannst du mich vertreten.«

»Mache ich doch glatt.«

Ich winkte ab. »Niemand liebt mich heute. Alle wollen mir was. Aber ich ziehe durch, was ich mir eingebrockt habe. So oder so. Da gehe ich bis an das Limit.«

»Super.« Suko klatschte in die Hände. »So muss das sein, Mr. Geisterjäger. Nur die Harten kommen in den Garten.«

Ich nickte. »Du hast Recht. Aber im Garten die Nelken, die verwelken.«

Er blähte sich auf. »Du doch nicht.«

»Kann man es wissen?«

»Ja, ja, ich bedaure dich, wenn ich Zeit genug habe. Mal sehen, wie du heute Abend darüber denkst. Komm nach deinem Lauf auf jeden Fall vorbei. Und einen Drink kannst du bei Shao und mir auch bekommen. Das ist Ehrensache.«

»Hast du nicht noch einen verstaubten Siegerkranz in der Ecke liegen?«

»Leider nicht. Ich schaue mal im Fitness-Studio nach. Vielleicht liegt da noch einer rum.«

Ich winkte nur ab. Natürlich war mein Getue nicht echt. Manchmal muss man sich eben auch als Mann etwas divenhaft geben. Das bisschen Laufen würde mir nicht schaden.

So dachte ich. Das aber alles ganz anders und schlimmer kommen könnte, daran verschwendete ich keinen Gedanken. Denn dieser Lauf führte mich mitten hinein in eine Hölle ...

Ich fuhr den Rover und konnte nur staunen, wie gut sich Glenda Perkins in einer gewissen Gegend Londons auskannte. Der Bereich der Uferauen war für sie nichts Neues. Sie joggte dort des Öfteren, sie hatte auch die Strecken gefunden, die recht leer und nicht so überlaufen waren wie zum Beispiel die Wege im Hyde Park, und sie hatte Spaß daran, als sie mein erstauntes Gesicht sah, als sie mich bat, den Rover an einem bestimmten Punkt anzuhalten.

»So, hier sind wir.«

»Wie schön.«

»Hör auf, mich auf den Arm zu nehmen.«

»Nein, nein, das meine ich auch so. Es sieht hier wirklich toll aus. Man könnte meinen, irgendwo zu sein, nur nicht in London. Du siehst keine Straße, du hörst kein Auto. Es ist alles so wunderbar ruhig, und man kommt sich vor wie auf einer Insel.«

»Fertig?«

»Ja.«

»Dann steig aus und zieh dich um.«

»Sehr wohl, Madam.«

Glenda und ich hatten die Taschen im Kofferraum verstaut. Wir holten sie nicht erst hervor, sondern packten die Sachen aus und stiegen aus unseren normalen Klamotten.

Glenda versteckte sich trotzdem hinter der offenen Wagentür, und ich wunderte mich, wie schnell sie umgezogen war. Da war sie noch flotter als ich.

Wir standen uns gegenüber, schauten uns an, und

ich blickte in Glendas Gesicht. Sie wusste nicht, ob sie lachen oder weinen sollte, entschied sich dann zu einer Zwischenlösung. Sie lächelte und sagte dabei: »Nun ja . . .«

»Was heißt das?«

»Tolles Outfit.«

»Ich bin eben kein Dressman.«

»Die Schuhe sind okay?«, fragte sie nach einem Blick auf meine Füße.

»Ich denke schon.«

»Nimm es mir nicht übel. Ich wollte dir nur sagen, dass wir hier keine glatten Wege laufen. Das geht schon ziemlich ins Gelände hinein. Da ist der Boden recht uneben.«

»Meinetwegen. Aber viel Betrieb herrscht hier nicht?«

»Nein. Die Leute nehmen lieber die Parks, aber hier gefällt es mir besser.«

Ich schloss die Haube des Kofferraums. »Wie oft bist du denn hier schon gelaufen?«

»Ziemlich oft.«

»Aber nicht jeden Tag.«

»Nein, zumeist am Wochenende.«

»Aha.«

»Hör auf zu spotten, John. Ich tue wenigstens etwas, und es geht mir auch gut. Ich bin lieber hier als in einem Fitness-Center, wo einer den anderen nur anglotzt.«

»Aber schick siehst du aus. Echt stark. Ein tolles Jogging-Outfit, meine Liebe.«

Das war nicht übertrieben. Glenda trug einen lindgrünen Jogging-Anzug mit pinkfarbenen Streifen an den Seiten der Beine und an den Ärmeln. Er schlabberte auch nicht um ihre Gestalt herum, sondern saß recht eng und figurbetont. Die Schuhe waren erste

Sahne, auch nicht schmutzig, und wahrscheinlich lief sie auf ihnen so locker wie auf einem Luftkissen.

Da konnte ich mit meinen alten Klamotten nicht mithalten, aber das Laufen würde ich schaffen.

Glenda hob den Finger wie eine Lehrerin ihren Zeigestock, wenn sie den Kindern etwas erklären will. »Die Sache ist ganz einfach, John. Wir fangen sehr bedächtig an. Kein hohes Tempo zu Beginn. Zunächst einmal eingewöhnen. Und dann, wenn wir richtig in Schwung gekommen sind, steigern wir das Tempo. Dann gibt es Power. Zum Schluss sacken wir dann wieder ab und werden froh sein, wenn wir hier wieder angelangt sind. Ist das in deinem Sinne?«

»Muss ja wohl – nicht?«

Sie schlug mir auf den Rücken. »He, stell dich nicht an wie ein Greis. Gib ruhig Gummi, Meister.«

»Ich bin doch nicht der Schumi.«

Sie sagte nichts mehr und lief los. Zwangsläufig musste ich ihr folgen. Außerdem wollte ich mich nicht blamieren. Wenn ich an diesem Abend absackte, dann würde sich das bei meinen Freunden herumsprechen, und ich hätte die Lacher bestimmt nicht auf meiner Seite. Also gab ich mein Bestes.

Der Weg führte zunächst einmal eben weiter. Zwischen den Büschen hindurch. Er war weich und mit Gras bewachsen. Er federte, was schon mal gut war. Hin und wieder sah ich durch die Lücken der Büsche den grauen Fluss, der träge durch sein Bett schwamm und sich in Richtung Osten bewegte, auf den Atlantik zu.

Es gab hier eine breite und nicht bebaute Uferregion. Die Natur hatte sich hier ausbreiten können. Immer wieder kam es zu kleinen Überschwemmungen, und so trocknete der Boden nie aus. Die Au bildete zugleich ein großes Biotop, in dem ich mir eigentlich mehr wie ein Störenfried vorkam. Aber die Vögel waren die Menschen wohl gewöhnt. Sie ließen sich nicht aus der Ruhe bringen.

Wider Erwarten hielt ich gut mit. Eigentlich nicht wider Erwarten, denn mein Job sorgte schon dafür, dass ich in Form blieb. Auch als der Weg anstieg und auf einen Hügel oder eine Düne hochführte, blieb ich locker an Glendas Seite. Ich hatte meine Atemtechnik auch längst regulieren können, und so gab es für mich keine Schwierigkeiten. Ich fühlte mich weder schlapp noch ausgelaugt.

Auf der Kuppe verlangsamte Glenda ihre Schritte und blieb schließlich ganz stehen.

»Kaputt?«, fragte ich.

Bitterböse schaute sie mich an. »Wovon denn?«

»War nur eine Frage.«

Sie stemmte die Arme in die Seiten und bewegte sich rhythmisch von links nach rechts. »Das ist immer mein Ort, an dem ich Gymnastik mache«, erklärte sie mir. »Das solltest du auch versuchen, John. Es tut wirklich gut.«

»Später vielleicht.«

»Da laufen wir weiter.«

»Die gleiche Strecke wieder zurück?«

Sie unterbrach ihre Bewegungen für einen Moment. »Nein, nicht die gleiche. Eine andere. Sie ist etwas weiter.«

»Auch das noch!«

Glenda lachte und machte mit ihren Übungen weiter. Sie streckte die Arme in die Höhe, beugte sich dann vor, ließ die Arme gestreckt und tippte mit den Spitzen der Finger gegen den Boden, wobei sie den Rücken durchgedrückt ließ.

Ich wollte sie nicht gerade angaffen und ließ deshalb meinen Blick in die Runde schweifen. Die Umgebung war wirklich menschenleer. Weiter vorn schimmerte die Oberfläche eines Teichs. Es war noch der Rest vom letzten Hochwasser. Der Fluss zog auf der rechten Seite ruhig seine Bahn, und allmählich wurde es dunkler. Die Sonne machte sich daran, dem anbrechenden Abend Tribut zu zollen. Sie senkte sich dem Westen entgegen und würde sich bald verabschiedet haben. Der Himmel war auch nicht mehr so wolkenlos und blau wie ich ihn tagsüber erlebt hatte. Erste Abendwolken schoben sich über das Firmament, und ich spürte auch den Wind, der auffrischte. Er brachte den Geruch des Flusses mit und manchmal auch das Rauschen der Wellen.

Man kann auch in London einsam sein. Das musste ich feststellen, als ich auf der Kuppe stand. Es war wirklich unwahrscheinlich. Die gewaltige Kulisse der Stadt schien mir plötzlich so unwirklich zu sein. Wie eine Malerei oder eine Bühnendekoration. Zum Greifen nah und trotzdem weit weg.

Eine Bewegung fiel mir auf. Es war kein Vogel, der schnell durch die Luft huschte. Ich hatte einen Menschen gesehen. Zwischen den Büschen war er für einen Moment aufgetaucht. Ich sah auch etwas blitzen. Es erinnerte mich an Glas, das von einem Sonnenstrahl getroffen worden war.

Ich wollte genauer hinschauen, aber da war das Bild schon wieder verschwunden.

Glenda, die sich angestrengt hatte und pustend die Luft ausstieß, drehte sich in meine Richtung. »He, schläfst du ein? Ist was?«

»Nein, nein.«

»Doch, John! Ich kenne dich!«

»Mag sein, aber ...«

Sie blies eine dunkle Haarsträhne zurück. »He, was hast du wieder mal gesehen?«

Ich winkte ab. »Vergiss es.«

Manchmal konnte Glenda nerven. Das tat sie auch hier. »Nein, ich vergesse das nicht. Was ist dir denn aufgefallen?«

»Es war eine Bewegung.« Ich schwenkte den Arm nach links. »Dort ungefähr.«

»Ein Tier?«

»Nein. Etwas hat geblitzt. Nur für einen Moment.«

»Die Sonne.«

»Die geht unter. Kann aber trotzdem sein. Da muss wohl der Strahl auf einen Gegenstand gefallen sein, der etwa wie ein Spiegel wirkte und uns diesen Reflex geschickt hat.«

Sie zuckte mit den Schultern und wischte den Schweiß aus dem geröteten Gesicht. »Beunruhigt dich das denn?«

»Im Prinzip nicht.«

»Aber das Misstrauen des Polizisten ist vorhanden. Das kenne ich, John. Wie hättest du dich auch ändern sollen? Ich bin hier schon einige Male gelaufen, und du kannst dich selbst davon überzeugen, dass mir nichts passiert ist. Ich bin noch okay, John. Schau mich an. Alles ist in bester Sahne.«

Das nahm ich wörtlich und ließ meinen Blick von Glendas Kopf bis zu den Füßen gleiten. »Kann man mit Fug und Recht behaupten. Bei dir ist wirklich alles in Butter.«

Sie schüttelte gespielt ärgerlich den Kopf. »Was hast du nur wieder für Gedanken?«

»Die richtigen.«

»Ja«, sie lachte auf. »Männer! Klar, die denken so was. Die denken nur immer an das eine.«

»Genau. Und zwar: Wo bekomme ich das nächste Bier? Ich habe nämlich großen Durst.«

»In meiner Tasche habe ich genug zu trinken.«

»Aber kein Bier«, nörgelte ich.

»Das tut auch nach dem Laufen nicht gut. Und jetzt stell dich nicht so an. Auf geht's.«

»Ich bin dabei.«

Es wäre auch für mich besser gewesen, hätte ich ein wenig Gymnastik gemacht. So hatte ich mich zwar einigermaßen erholt, aber der kalte Schweiß bedeckte meinen Körper, und bei diesem Wind hatte ich sogar das Gefühl, etwas zu frieren.

Ich ließ Glenda vorlaufen. Ich blieb immer drei bis vier Schritte zurück. Ich wollte ihr damit auch das Gefühl geben, besser zu sein als ich. Zugleich wunderte ich mich über ihre Kondition. Ich hätte nicht gedacht, dass sie so locker durchhalten würde. Anzeichen von Erschöpfung sah ich bei ihr nicht. Sie lachte manchmal sogar auf, und die dunkle Haarflut wippte bei jedem Schritt.

Ich ließ mich dennoch etwas weiter zurückfallen. Nicht, weil ich das Tempo nicht beibehalten konnte, es ging mir um etwas anderes. Dieser komische Reflex hatte irgendwie Misstrauen in mir hochkeimen lassen.

Es konnte alles ganz harmlos sein. Ein Zufall oder so. Musste es aber nicht, denn je mehr sich die Menschen in ihre Wohnungen zurückzogen, umso stärker hatten sie sich auch zu Spannern entwickelt, die schauen wollten, was die anderen taten. Da standen sie dann mit Ferngläsern bewaffnet in ihren ›Käfigen‹ und spähten durch die Fenster der Nachbarn in die fremden Wohnungen. In New York war dieses Spannen beinahe schon zu einem Volkssport geworden. Zudem gab es genügend Menschen, die es genossen, beobachtet zu werden.

Ich entdeckte nichts mehr. Die Umgebung war einfach zu dicht. Es gab keinen Wald, aber manche Büsche wuchsen schon so hoch wie Bäume, so dass ich kaum darüber hinwegschauen konnte. Wenn sich mal Lücken auftaten, dann sah ich einfach nur die Landschaft hier und keine Menschen, die sich in der Nähe aufhielten.

Möglicherweise machte ich mir auch zu viele Sorgen. So konzentrierte ich mich wieder auf das Laufen. Ich merkte schon, dass ich jetzt Kondition benötigte, um gut mithalten zu können. Mein innerer Motor war dabei richtig auf Touren gekommen, doch den Turbo einzuschalten und mich somit völlig zu verausgaben, daran dachte ich nicht.

Locker lief ich weiter. Auf einem Boden, der wunderbar weich war. Das Laub vom letzten Jahr hatte den Teppich gebildet. Zusammen mit dem Gras kam die Unterlage den menschlichen Sehnen und Füßen sehr entgegen.

Glenda drehte sich manchmal während des Laufens kurz um. Sie schaute mich an, sie lachte dann auf, ich sah ihr gerötetes Gesicht und animierte sie durch Handbewegungen dazu, weiterzulaufen.

»Du hältst dich ja tapfer, John.«

»Was soll ich sonst tun?«

»Stimmt.«

Wir hatten eine andere Strecke gewählt. Sie war nicht mehr so gerade. Um das Startniveau zu erreichen, liefen wir in mehreren Serpentinen wieder dem feuchteren Grund entgegen. Hier gab es auch keinen Pfad mehr. Wir mussten uns schon durch die Natur kämpfen und mehr als einmal Büsche zur Seite schlagen, damit sie nicht gegen unsere Körper peitschten.

Glenda Perkins lief wie eine Maschine, die voll aufgedreht war. Eine wie sie konnte kaum gestoppt werden. Ich hörte gar nicht auf, mich über ihre Kondition zu wundern. Noch jetzt, zum Ende des Laufs hin, sprang sie locker über Hindernisse wie aus der Erde ragende Wurzeln oder kleinere Baumstümpfe hinweg.

Wir hatten wieder die Flusshöhe erreicht. Allmählich kam mir die Umgebung bekannter vor. Ich beschleunigte meine Schritte, holte Glenda ein, die mir nur einen knappen Blick zuwarf und dann noch einmal das Tempo verschärfte.

Es war das Finale.

Und es endete an der Rückseite des Rovers, gegen die Glenda rutschte, sich dann nach vorn beugte und sich mit beiden Händen auf der Kofferraumhaube abstützte.

»Geschafft!«, hörte ich sie flüstern. »Das war ... verdammt, das war einfach super ...«

Mehr sagte sie nicht. Sie konnte nicht. Sie musste erst zu Atem kommen, aber sie blieb trotzdem nicht in ihrer Haltung stehen, sondern lief praktisch aus. Dabei blieb sie in einem kleinen Umkreis und immer in meiner Sichtweite.

Auch ich hatte mich für eine Gymnastik entschlossen. Ich hob die Arme, drückte sie nach unten, hob sie wieder an, bewegte auch den Oberkörper und trat dabei auf der Stelle.

Wärme durchflutete meinen Körper. Ich ging davon aus, dass es bei Glenda ebenfalls so war. Sie kannte die Regeln ja. Wir wollten auch nicht kalt werden und mussten uns allmählich wieder an die normale Lage gewöhnen.

Ich war als erster mit meiner Gymnastik fertig und lehnte mich gegen die rechte Seite des Autos.

Das Laufen hatte verdammt gut getan, da musste ich Glenda wirklich Recht geben. Ich fühlte mich wie durchgespült, und es ging mir keinesfalls schlecht. Erschöpft war ich auch nicht, und mal so richtig den

Körper durchschwitzen zu lassen, das schadete auch nicht.

Im Gegensatz zu Glenda trug ich kein Stirnband. Es war bei meinen kurzen Haaren nicht nötig. In Glendas schwarzen Haaren leuchtete es in einem knalligen Rot.

Ihr Gesicht war verschwitzt. Sie lächelte und wischte mit den Schweißbändern an ihren Handgelenken über die Stirn hinweg. »Sag ehrlich, John. Wie fühlst du dich?«

»War eine tolle Idee.«

»Danke. Ich wusste, dass du das sagen würdest.« Sie legte den Kopf zurück und schlenkerte die Beine aus. »Aber das ist noch nicht das Ende.«

Ich horchte auf. »He, sollen wir die Strecke noch einmal laufen?«

»Nein, das nicht. Für den Anfang reicht's.«

»Schade.«

»Ha, ha, ha ...« Sie drehte sich um und ging auf die Heckseite des Wagens zu. »Öffne mal die Haube. Ich habe dir doch gesagt, dass ich etwas zu trinken mitgenommen habe.«

»Aber leider kein Bier.«

»Hör auf, das kannst du später trinken.«

»Wo denn?«

»Bei mir, zum Beispiel. Ich habe extra einige Flaschen kalt gestellt.« Mit einem gewissen Lächeln fügte sie hinzu: »Und duschen kannst du auch bei mir. Das dürfte dir ja nicht unbekannt sein.« Damit spielte sie auf gewisse Abende und Nächte an, die wir gemeinsam verbracht hatten.

»Ich werde auf keinen Fall etwas dagegen sagen. Und es wird mir bestimmt so gut gefallen wie das Joggen hier.«

»Was meinst du?«

»Das Bier natürlich.«

»Eben. Ein Schuft, der anderes denkt.«

Den Wagenschlüssel hatte ich in die rechte Tasche der Jogginghose gesteckt. Ich holte ihn hervor und steckte ihn in das Schloss des Kofferraumdeckels.

Genau da fiel mir etwas auf.

Der Wagen stand schief.

Zur linken Seite hin fiel er ab. Das war zuvor nicht der Fall gewesen. Klar, dass jetzt das Misstrauen in mir hochschoss. Ich dachte nicht daran, den Kofferraum zu öffnen. Stattdessen bückte ich mich und schaute mir den linken Hinterreifen an.

Er war platt!

Verdammter Mist. Damit hatte ich nicht gerechnet. Auch Glenda hatte jetzt gesehen, was passiert war. Sie stieß einen nicht eben damenhaften Fluch aus.

Die veränderte Haltung des Rovers war mir nicht sofort aufgefallen. Das lag an dem weichen Boden, in den das Fahrzeug durch sein Gewicht schon eingesackt war. Als ich genauer hinsah, musste ich erkennen, dass jemand den Reifen regelrecht zerfetzt hatte, als hätte er seine Wut an dem Gegenstand ausgelassen.

»Sag was, John!«

Ich richtete mich wieder auf. »Ich frage mal ganz dumm. Du hast schon öfter hier gejoggt. Ist dir das schon passiert?«

»Nein, noch nie. Das schwöre ich!«

»Warum dann jetzt?«, fragte ich leise. »Wo wir doch zu zweit sind. Warum hat man das getan?«

Ich war sehr misstrauisch geworden und dachte wieder an den hellen Reflex, den ich auf halber Strecke entdeckt hatte und dessen Ursache mir noch unklar war.

»Ich kann dir die Antwort nicht geben. Dass uns

jemand einen Streich spielen wollte, kannst du wohl nicht akzeptieren – oder?«

»Nein, kann und will ich nicht. Es steckt Methode dahinter. Ich wage sogar die Behauptung, dass wir möglicherweise unter Beobachtung gestanden haben.«

»Wer sollte das tun?«

»Himmel, Glenda, da gibt es genügend Leute.«

»So gesehen hast du Recht. Die andere Frage lautet: Was tun wir jetzt? Von hier weg kommen wir nur zu Fuß.«

»Dabei wird es auch bleiben.«

Nachdem ich die Antwort gesagt hatte, drehte ich mich um und ging zur Seite. Nahe des zerstochenen Reifens hatte ich bereits nach Spuren gesucht, aber keine gefunden.

Jetzt war für mich die unmittelbare Umgebung interessant. Auf dem recht weichen Boden konnten sich Fußabdrücke halten. Es dauerte immer seine Zeit, bis sich das Gras aufgerichtet hatte.

Spuren gab es.

Ob sie von irgendwelchen Fremden stammten oder von uns, das fand ich nicht heraus.

Glenda hatte den Kofferraum geöffnet und bereits eine Dose mit diesem Energy-Drink hervorgeholt. Eine zweite stand auf dem Rand für mich bereit.

Sie hob ihre Dose an. »Dann trinken wir mal darauf, John, dass es trotzdem noch ein angenehmer Abend wird.«

Ich griff zu. »Deinen Humor hast du jedenfalls behalten, Glenda. Ich schließe mich deinen Wünschen an.«

Der erste Schluck tat gut. Das Wasser schmeckte leicht zitronig. Durch die kleine Kühltasche war es kalt gehalten worden, und es erfrischte uns beide.

»Trinkt die Dosen ruhig leer. Ihr habt es verdient. Wir sind ja keine Unmenschen ...«

Eine Stimme nur, aber die hatte ausgereicht, um mich innerlich zu Eis werden zu lassen ...

Ich trank die Dose nicht leer, sondern zog sie von meinen Lippen weg, behielt sie in der Hand und ließ sie langsam sinken, so dass mein Blick jetzt frei war.

Einer hatte gesprochen, aber sie waren zu zweit. Und es waren keine Männer, die man als Spaßvögel ansehen konnte und ihnen verzieh, dass sie mal eben einen Autoreifen zerfetzt hatten. Das hier waren knallharte Typen, die genau wussten, was sie wollten.

Von ihren Gesichtern war nichts zu erkennen. Sie hatten sich Strickmützen über die Köpfe gestülpt. Nur die Augen lagen frei, und auch die Münder. Beide waren ungefähr gleich groß und auch identisch gekleidet. Braune Bomberjacken. Dazu schwarze Hosen, die in den Knien hingen, und sehr feste Schuhe.

Das alles hätte mich nicht so sehr gestört. Mir gefielen nur nicht die beiden Maschinenpistolen, die sie wie selbstverständlich in den Händen hielten, als wären sie nur Spielzeuge. Allerdings tödliche, denn die Magazine waren gefüllt, davon ging ich aus.

Ich schielte zu Glenda hinüber, die auf dem Fleck stand und sich nicht bewegte. Die Dose war ihr aus der Hand gerutscht. Sie lag auf dem Boden und lief aus so weit dies möglich war. Ansonsten rührte sich Glenda nicht. Sie atmete nur schwer.

Einer bedrohte mich, der andere Glenda. Ich wurde wieder an das Blitzen erinnert und konnte mir vorstellen, dass die beiden es verursacht hatten. Und sie hatten es ganz speziell auf uns abgesehen. Das waren keine Typen, die normale Jogger überfielen und ihnen das wenige Bargeld raubten, die wussten genau, was sie taten.

Wer joggt, der ist nicht bewaffnet. Zumindest nicht mit einer Pistole oder einem Revolver. Daran hatte auch ich mich gehalten. Aber die Beretta hätte mir zudem kaum gegen die beiden MPi's geholfen, deren Metall sehr gepflegt war und kalt glänzte.

Ich hatte mich wieder gefangen und sagte: »Wenn ihr glaubt, bei uns Reichtümer erwischen zu können, da habt ihr euch geirrt. Wir sind zwei völlig normale Jogger, das ist alles. Geld müsst ihr euch schon woanders besorgen.« Während des Sprechens hatte ich schon gewusst, dass meine Worte nicht fruchteten. Ich kam mir sogar lächerlich vor, aber ich hatte sie aus der Reserve locken wollen.

»Normale Jogger?«, höhnte der, der mich bedrohte. »Seit wann joggt ein John Sinclair?«

Jetzt hatten wir den Beweis. Die beiden waren nicht zufällig aufgetaucht. Sie hatten es auf uns abgesehen und sich dabei eine verdammt günstige Situation ausgesucht. Das deutete auch darauf hin, dass wir unter Beobachtung gestanden hatten, ohne etwas bemerkt zu haben. Dies gefiel mir überhaupt nicht, denn es deutete auf einen bestimmten Plan hin.

»Ihr seht gut aus«, sagte der Sprecher und nickte mir locker zu. »Wirklich . . .« Dann lachte er. »Aber die Kleidung spielt keine Rolle, denke ich mal.«

Auch Glenda hatte sich wieder gefangen. »Hören Sie, was wollen Sie überhaupt von uns?«

»Von dir nichts.«

»Danke.«

»Er ist wichtig.«

Ich ließ es darauf ankommen und fragte: »Wollen Sie mich töten? Hier erschießen? Haben Sie das vor?«

»Es könnte passieren, wenn Sie sich nicht vernünftig verhalten, Sinclair. Es ist in Ihrem eigenen Interesse, wenn Sie genau das tun, was ich verlange.«

»Bitte.«

»Die Arme anheben und die Hände hinter dem Kopf verschränken. Das ist alles.«

Er wusste Bescheid. War ein Profi. Glenda schaute mir von der Seite her zu, wie ich mich bewegte und schließlich in der Haltung stand, die der Typ gewollt hatte.

Aus meinem Mund drang kein Laut, abgesehen von den flachen Atemstößen. Der Größere hielt seine Waffe auf mich gerichtet. Die Mündung zielte auf meine Brust.

Ich sagte kein Wort. Ich bewegte mich auch nicht falsch, weil ich weder Glenda noch mich in Gefahr bringen wollte. Da wir keine anderen Befehle hörten, waren die beiden zufrieden. Aber die Lage änderte sich, denn der zweite Typ, der Kleinere, verließ seinen Platz und näherte sich Glenda.

»Umdrehen!«

»Bitte, ich . . .«

»Umdrehen, habe ich gesagt!«

Es gab keine andere Möglichkeit. Glenda warf mir noch einen verzweifelten Blick zu, bevor sie sich drehte und der Typ auf ihren Rücken schaute. Dann ging alles blitzschnell.

Nur drei Bewegungen brauchte der Killer. Mit der dritten schlug er bereits zu.

Der Waffenlauf erwischte Glenda am Hinterkopf. Auch das dichte Haar dämpfte nicht viel ab. Sie zuckte zusammen, wurde für einen Moment durchgeschüttelt und sank dann in die Knie, wobei sie sich noch drehte und mit der rechten Seite zuerst auf den Boden fiel. Bewegungslos blieb sie dort liegen. Der

Schlag hatte ihr das Bewusstsein geraubt. Eine Wunde sah ich nicht an ihrem Kopf. Wahrscheinlich war Glendas Haar auch zu dicht.

In mir kochte es. Wäre es möglich gewesen, hätte ich mich auf die beiden Hundesöhne gestürzt.

Ich wusste nicht, aus welchem Grund man uns aufgelauert hatte, und ich wollte nicht wahrhaben, dass ich mich mit völlig normalen Menschen abgeben musste, die einfach nur vorhatten, andere zu berauben.

Sie kannten mich.

Sie hatten auf mich gewartet. Das heißt, auf uns, aber Glenda war für sie nicht so wichtig, das spürte ich. Ich war derjenige, um den es sich drehte.

Es war mittlerweile eingedunkelt. Die beiden Vermummten passten sich mit ihrer Kleidung der Umgebung an. Sie wirkten mehr wie Schatten. Mit dem Kopf deutete der Größere auf die bewusstlose Glenda. »Es hätte sie schlimmer treffen können, Sinclair. Seien Sie froh darüber.«

»Ich sehe keinen Grund, einen Menschen einfach niederzuschlagen. Was bedeutet das?«

»Sie ist unwichtig.«

»Also geht es um mich?«

»Genau, denn sie ist nur Beiwerk gewesen.«

»Und was haben Sie mit mir vor?«

»Wir nichts. Es gibt einen anderen, dem Sie einiges wert sind, Sinclair. Er will Sie haben.«

»Und Sie bringen mich zu ihm?«

»So ist es.«

»Dann können wir ja gehen!«

Ich hatte meinen Ärger gefressen, um recht locker antworten zu können, aber der Typ vor mir verstand keinen Spaß. Mit kalter Stimme befahl er mir, mich umzudrehen, was ich auch tat, und so wandte ich ihm den Rücken zu.

»Wie folgsam Sie sind, Sinclair!«

Ich hasste ihn. Ich hasste auch das, was jetzt folgen würde. Ich versuchte, mich innerlich darauf einzustellen, mich bereit zu machen, meine Sinne zu schärfen. Ich hörte hinter mir das leise Rascheln, als Füße durch das Gras schleiften, bekam noch den Luftzug mit, und dann explodierte etwas an meinem Hinterkopf, das auf mich wie ein riesiger Feuerball wirkte, eingehüllt in blitzende Schmerzen, die die Dunkelheit wie ein Magnet zu sich heranzogen.

Ich merkte noch, dass ich fiel. Den Aufschlag bekam ich nicht mehr mit. Da hatte mich die Bewusstlosigkeit bereits geholt ...

Es tat weh. Es tat so verflucht weh, und aus Glendas Mund drang ein leises Stöhnen, als sie sich zur Seite drehte und dabei feststellte, dass sich die Schmerzen noch mehr steigern konnten und sie auf der Kippe stand, wieder in das schwarze Loch zu fallen.

Sie balancierte weiterhin auf dem schmalen Rand, aber sie fiel nicht hinein. Glenda wurde nicht noch einmal bewusstlos. Sie lag weiterhin auf dem Boden, dessen Feuchtigkeit schon längst in ihre Jogging-Kleidung eingedrungen war.

Nässe perlte auch an ihrem Gesicht entlang. Sie lag auf der Wange, sie berührte die Lippen, sie war klar, und sie sorgte dafür, dass Glenda allmählich aus ihrem Zustand erwachte und die Augen öffnete.

Zu sehen bekam sie nichts. Zumindest in den nächsten Sekunden nicht, denn die Umgebung verschwamm in einem nebligen Grau. Sie wollte auch nicht nachdenken und blieb einfach nur liegen. Sie hatte den Eindruck, nur einen schmerzenden Kopf zu besitzen und keinen Körper. Aber mit diesem Kopf, mit diesem Gehirn darin konnte sie auch denken, folgern und sich erinnern.

Letzteres war besonders wichtig.

Erinnern!

Woran erinnern? An die Zeit vor ihrer Bewusstlosigkeit, denn ihr war eingefallen, dass man sie niedergeschlagen hatte. Die Erinnerung war noch wie ein ferner Film, der allerdings näherkam und sich in einzelne Bilder auflöste.

Das Joggen. Der zerstörte Reifen. Die beiden Maskierten mit den Maschinenpistolen, das alles floss zusammen, ohne sich dabei zu einem richtigen Bild formen zu können.

Aber es war ein Erlebnis gewesen. Da spielte man ihr bei Gott nichts vor, und sie erinnerte sich auch daran, dass sie sich hatte umdrehen müssen.

Dann war es passiert. Der Schlag, die Schmerzen, und danach die absolute Schwärze.

Glenda Perkins war zum ersten Mal in ihrem Leben auf diese Art und Weise niedergeschlagen worden Damit hatte John Sinclair mehr Erfahrung. Sie kannte aus Erzählungen, wie man sich danach fühlte, und es stimmte einfach alles. Auch sie machte diese Tortur mit, und sie versuchte jetzt, sich aufzurichten.

Glenda hatte nicht schreien wollen. Es war einfach aus ihr hervorgedrungen. Plötzlich explodierten die Schmerzen in ihrem Kopf.

Sie sank wieder zurück. Dieser wirklich nicht sehr lange Augenblick hatte bei ihr für einen Schweißausbruch gesorgt.

Stöhnend blieb sie auf dem Rücken liegen, wobei ihr klar war, dass sie hier nicht die ganze Nacht liegen konnte. Es war mittlerweile dunkel geworden. Im Liegen bewegte sie ihre Augen und versuchte so, zu den Seiten hin zu schielen, um etwas zu erfahren. Schließlich war sie nicht allein gewesen. Sie hatte zusammen mit John Sinclair gejoggt. Allerdings wusste sie nicht, welches Schicksal ihm widerfahren war. Viel anders als bei ihr konnte es nicht gewesen sein.

Glenda Perkins versuchte es wieder. Sie redete sich ein, dass sie zäh wie ein Katze war und dass es einzig und allein auf sie ankam, ob noch etwas zu retten war oder nicht.

Diesmal war sie noch vorsichtiger. Sie hielt die Augen weit offen, als sie sich behutsam aufrichtete und dabei versuchte, nicht an die Schmerzen zu denken, auch wenn noch so viele kleine Teufel durch ihren Kopf tobten und mit ihren feurigen Hämmern zuschlugen.

Ihre Augenlider flatterten, aber Glenda schaffte es, in der sitzenden Haltung zu bleiben. Obwohl sie schwankte, fiel sie nicht wieder zurück auf die Seite.

Dann saß sie und blieb auch sitzen!

Rechts sah sie einen Schatten. Er war kompakt und erreichte auch sie. Nur ganz langsam drehte sie den Kopf ein wenig zur Seite, und ihr Blick fiel dabei auf den noch immer geschlossenen Kofferraum des Rovers. Der Wagen mit dem platten Hinterreifen hatte den Schatten geworfen.

Im Schloss steckte der Schlüssel!

Das war für sie wichtig. Das wollte sie behalten, und dann bewegte Glenda den Kopf behutsam in die andere Richtung. Überrascht wäre sie gewesen, hätte sie John Sinclair in ihrer Nähe liegen sehen. Das war nicht der Fall. Es gab ihn nicht. Der Boden lag glatt, bewachsen und so wie immer vor ihr.

John war also verschwunden. Bestimmt nicht freiwillig. Man hatte ihn mitgenommen, gekidnappt, und sie liegen lassen, weil man mit ihr nichts anfangen konnte. Außerdem hatte sie die Gesichter der Entführer nicht gesehen. Das war ihr Glück gewesen, sonst hätten die beiden Vermummten sie vielleicht nicht am Leben gelassen.

Es musste weitergehen, das war ihr klar. Sie würde alles daran setzen, um aus dieser Lage das Beste zu machen.

Wichtig war der Schlüssel. Er passte nicht nur zum Kofferraum. Mit ihm konnte sie auch den Wagen aufschließen, und sie erinnerte sich daran, dass sie ihr Handy vor dem Beginn des Laufs in das Handschuhfach gelegt hatte.

Glenda versuchte erst gar nicht, auf die Füße zu gelangen. Das wäre einfach verrückt gewesen. Die Schmerzen hätten sie von den Beinen gerissen.

Kriechend näherte sie sich dem Kofferraum. Sie ärgerte sich selbst über die Stöhnlaute, die aus dem Mund drangen, aber sie konnte nichts daran ändern.

Zum Kofferraum war es eine lächerlich kurze Entfernung. Sie kam Glenda trotzdem dreimal so lang vor. Sie musste sich erst ausruhen, bevor sie es schaffte, eine Hand zu heben und sich nur mit der Linken abzustützen.

Der Schlüssel ließ sich leicht aus dem Schloss ziehen. Glenda Perkins fühlte sich wieder etwas besser. Sie wollte sogar lächeln. Es wurde nur ein schiefes Grinsen, aber sie hatte durch den Erfolg die nötige Kraft gefunden, um weiterhin in Bewegung zu bleiben und zur Fahrertür zu kriechen.

Auch das war nicht einfach. Die nassen Grashalme scheuerten über ihre Gesichtshaut hinweg. Sie kitzelten sie an der Stirn, an den Wangen, und ihre Spitzen waren wie dünne Spinnenfinger. Der Wagenschlüssel klebte in ihrer rechten Faust fest. Bei jeder Bewegung zuckten Schmerzen durch ihren Kopf, doch Glenda biss wirklich die Zähne zusammen und dachte nicht daran, aufzugeben. Je früher sie eine Meldung machte und Hilfe holte, umso größer war die Chance für John.

Dabei musste sie zugeben, keine gute Zeugin zu sein. Was hatte sie denn gesehen? Zwei Männer, die durch die Wollmützen ihre Gesichter vermummt hatten und dunkle Kleidung trugen wie Tausende andere Menschen auch.

Jedenfalls erreichte sie die Fahrertür und musste sich zunächst einmal ausruhen. Ihr Kopf wollte zerspringen. Sie war in Schweiß gebadet, sie zitterte und wusste, dass sie Mühe haben würde, die Tür zu öffnen. Dann brauchte sie das Handy aus dem Handschuhfach.

Es dauerte, und Glenda ärgerte sich darüber. Aber es gab keine andere Möglichkeit, und sie fühlte sich zudem noch immer mehr bewusstlos als lebendig.

Aber der Wille war durch den Schlag auf den Kopf nicht geraubt worden, und so machte sie weiter. Sie hatte einmal nach der Stelle getastet, wo der Schlag sie getroffen hatte. Es war dort nass geworden. Ein Beweis, dass Blut aus der Wunde gesickert war und sich in den Haaren verfangen hatte.

Endlich hatte sie die Tür offen. Sie aufzuziehen war auch noch ein Problem. Danach kroch Glenda in den Wagen hinein, begleitet von ihrem harten Keuchen. Das Handschuhfach war nicht abgeschlossen. Über den Fahrersitz hinweg bewegte sie sich und merkte, dass ihr dabei leicht übel wurde. Zusätzlich schossen immer wieder Schmerzstöße durch ihren Kopf, doch sie war nicht davon abzubringen, an ihr Ziel heranzukommen.

Als die Klappe des Handschuhfachs nach unten fiel, hätte sie vor Freude jubeln können. Jetzt brauchte sie nur in die Öffnung zu fassen.

Es funktionierte. Sie bekam auch das tragbare Telefon mit dem ersten Griff zu fassen, doch irgendwie war sie auch zu schwach, sich darüber zu freuen.

Dann zog sich Glenda wieder zurück. Zu schnell, zu sehr hatte sie den Kopf bewegt, und ihr wurde wieder schwarz vor Augen. Sie musste sich jetzt zusammenreißen, denn es war wichtig, dass sie die einzelnen Zahlen erkannte.

Zum Glück waren sie beleuchtet. Glenda saß vor dem Wagen. Die Tür stand offen und gab ihr einen gewissen Schutz. Sie selbst hatte sich mit dem Rücken gegen die Kante des Trittbretts gelehnt, und dann endlich wählte sie Sukos Telefonnummer mit zittrigen Fingern. Auch in ihrem Zustand hatte sie die Zahlenreihe behalten.

Dann fiel ihr ein, dass Suko ja zum Kampftraining wollte. Glenda hatte nicht auf die Uhr geschaut. Sie konnte nur darauf hoffen, dass die Zeit schon um war.

Der Wind strich immer wieder gegen ihr verschwitztes Gesicht, als wollte er sie trösten.

Der Ruf ging durch. Sie hörte es. Glenda zitterte wieder stärker. »Bitte, melde dich, bitte . . .«

Ihr Wunsch wurde erfüllt, aber nicht Suko meldete sich, sondern seine Partnerin Shao.

»Glenda hier . . .«

Es hatte an ihrer Stimme gelegen, denn Shao war augenblicklich misstrauisch und auch hellwach geworden. »Glenda? Himmel, was ist los mit dir? Deine Stimme hört sich . . .«

»Es geht mir schlecht . . .«

»Was ist denn passiert?«

»Bitte, gib mir Suko«, flüsterte sie.

»Das geht nicht. Er ist noch beim Training.«

»O verdammt.«

»Kann ich dir helfen?«

»Nein, Shao, im Moment nicht. Oder doch. Versuche bitte, Suko zu erreichen. Sag ihm, dass er herkommen soll. Man hat John entführt. Ich bin niedergeschlagen worden ...«

»Wo bist du denn?«

»Wir waren joggen, John und ich. Themseauen. Er wird es finden. Es geht mir schlecht, Shao, ich muss mich beeilen. Ich versuche dir jetzt zu erklären, wie er mich finden kann. Er wird es schaffen, das weiß ich genau ...«

Die Chinesin hörte mit. Sie spürte, unter welchem Stress die Anruferin stand, und sie hatte das Gefühl, dass Glendas Kräfte immer mehr nachließen.

Aber sie schaffte es. Sie gab Shao alle Informationen durch, die wichtig waren.

»Gut, ich habe verstanden, Glenda. Ich rufe Suko an und ...« Sie hörte nichts mehr. »Glenda?«

Eine schwache Antwort. »Ich kann nicht mehr ...«

»Soll ich einen Krankenwagen ...« Shao sprach den Satz nicht mehr aus. sie hatte noch das Stöhnen gehört, und dann war es so verdammt still geworden ...

Glenda hörte Stimmen. Weit, sehr weit entfernt. Sie schwebte wieder zwischen dem Wachsein und der Bewusstlosigkeit. In sie war sie hineingefallen, als die Kräfte sie verlassen hatten, und auch jetzt war sie noch nicht in der Lage, die Stimmen zu unterscheiden.

Aber eine war ihr bekannt. Sie nahm sie wahr und fühlte sich beruhigter. Es war Suko, der mit ihr sprach, mehrmals ihren Namen rief und sie auch mit seinen Händen an den Wangen berührte.

Glenda öffnete die Augen spaltbreit.

Ein trübes, künstliches Licht. Es blendete trotzdem, und dann bewegte sich ein Schatten in das Licht hinein, der sich zu einem Gesicht hervorkristallisierte.

Es war Suko.

»Du bist es«, flüsterte sie.

»Ja, ich. Verdammt, was machst du nur für Sachen, Mädchen?«

»Es war harmlos. Wir wollten nur joggen. Da kamen die Männer. Maskiert. Sie haben John geholt und mich niedergeschlagen. Ich bilde es mir nicht ein. Ich weiß nicht, wer sie waren, ich habe sie zwar gesehen, aber ich kann dir keine gute Beschreibung geben. Du musst sie und John finden ...« Glenda konnte nicht mehr. Das sah nicht nur Suko, das bemerkte auch der Arzt, den Suko gleich mitgebracht hatte und der ihn nun zur Seite drängte.

»Lassen Sie die Frau. Das ist jetzt meine Sache. Sie hat einiges hinter sich.«

»Natürlich, Doc.« Suko erhob sich und trat zur Seite.

Der Wagen mit dem Notarzt und seinen Helfern stand ebenso in der Nähe wie Sukos BMW. Er war so rasch wie möglich gekommen. Shaos Anruf hatte ihn beim Umkleiden erwischt, denn mit dem Training war er fertig gewesen. Es hatte alles so gut geklappt, und jetzt dies.

Glenda und John hatten nur joggen wollen. Dabei waren sie in eine Falle gelaufen. Suko wollte nicht glauben, dass es Zufall gewesen war. Nein, das gab es nicht. Die beiden Vermummten hatten bewusst auf die Jogger gewartet. Ein abgekartetes Spiel, und John war gekidnappt worden.

Von wem? Wer steckte dahinter? Dämonen? Schwarzmagische Mächte oder normale Gangster?

Da konnte eigentlich alles zutreffen. Suko sah

jedoch keinen Grund für eine Entführung durch normale Verbrecher. Damit hatten er und John so gut wie nichts zu tun. Natürlich gab es hin und wieder Fälle, die auch normale Polizisten gelöst hätten, aber in der Regel waren ihre Feinde doch dämonische Wesen.

Der Arzt hatte Glenda medizinisch versorgt und gab seinen Helfern einen Wink. Sie hatten die Trage aus dem Wagen geholt, ausgeklappt und fuhren sie jetzt herbei. Die Räder quietschten leicht, und das Gerät bewegte sich schaukelnd über den Boden.

»Seid vorsichtig.«

Die Helfer wussten Bescheid. Glenda wurde von ihnen behutsam angehoben, auf die Trage gelegt und festgeschnallt. Sie wurde dann zum Wagen getragen. Als sie Suko passierte und er einen Blick auf ihr bleiches Gesicht warf, presste er die Lippen hart zusammen.

Der Notarzt sprach ihn an. »Es war gut, dass Sie mich gleich alarmiert haben, Inspektor. Die Frau hat eine mittelschwere Gehirnerschütterung abbekommen. Wir werden sie einige Tage im Krankenhaus behalten müssen.«

»Ja, das ist besser so.«

Der Arzt stieg in den Wagen.

Die hinteren Türklappen wurden geschlossen, und wenig später rollte das Fahrzeug an. Zurück blieb Suko, der nicht fassen konnte, was hier geschehen war. Aus einem Spaß war verdammter Ernst geworden. Glenda und John waren praktisch in die Falle hineingejoggt.

Als der Wagen des Notarztes außer Sichtweite war, bückte sich Suko, schaltete seine kleine Leuchte an und suchte die Umgebung nach Spuren ab.

Es gab genügend. Ob sie allerdings reichten und die richtigen waren, um Schlüsse daraus ziehen zu können, das war die große Frage, auf die Suko auch keine Antwort fand.

Der Rover musste auch abgeholt werden, was jedoch Zeit hatte.

Wichtig war, dass er eine Spur von seinem Freund und Kollegen fand. Glenda hatte nicht viel sagen können, auch nicht zu Shao. Die Typen waren nicht grundlos vermummt gewesen.

Suko setzte sich in seinen BMW. Er wusste jetzt, was er tun musste. Sir James Powell war als Chef praktisch immer und zu jeder Tages- und Nachtzeit zu erreichen. Auf Mitternacht ging die Uhr zwar zu, doch es waren noch drei Stunden Zeit. Vielleicht saß Sir James noch in seinem Büro. Wenn nicht, würde er es im Club versuchen.

Suko stellte sich neben den Wagen, als er anrief und auch Glück hatte, denn Sir James hielt sich noch im Büro auf.

»Sie sind es, Suko. Ich hatte schon meinen Mantel an und wollte in den Club. Was gibt es?«

»Es brennt!«

»Reden Sie!«

Das tat Suko auch, und er hörte dabei an den Hintergrundgeräuschen, dass Sir James wieder seinen Platz am Schreibtisch einnahm. Er war nicht weniger überrascht als Suko, als er die Nachricht erfuhr und sich keinen Reim darauf machen konnte. Wichtig für ihn war auch Glendas Zustand. Er atmete auf, als er erfuhr, dass sie *nur* unter einer Gehirnerschütterung litt.

»Nun aber zu John«, sagte er. »Können Sie sich vorstellen, Suko, wer ihn geholt hat?«

»Nein, Sir. Ich habe nicht die leiseste Ahnung eines Verdachts. Das ist es ja.«

»Wer schickt zwei Killer?«

»Das kann jeder getan haben, Sir. Mein Gefühl sagt mir, dass die üblichen schwarzmagischen Kräfte höchstens am Rande mitmischen. Ich kann mir denken, dass dahinter ein anderes Motiv steckt und auch ein Gehirn, das alles in die Wege geleitet hat.«

»Sie haben keinen Verdacht?«

»Nein, den habe ich nicht.«

Sir James lachte auf, bevor er sich räusperte und anschließend weiter sprach. »Was soll ein Kidnapping bringen? Will man uns erpressen? Die andere Seite müsste doch wissen, dass wir nicht zu erpressen sind. Oder wie sehen Sie das?«

»Ebenso.«

»Dann begreife ich nicht, was das Kidnapping soll. Hat man Glenda denn nichts gesagt?«

»Nein, Sir. Nicht die geringste Andeutung. Es ging ihnen nur um John Sinclair.«

Ein langer schnaufender Atemzug erreichte Sukos Ohr. »Tja, es tut mir leid, da weiß ich auch nicht mehr weiter. Ich denke, wir müssen abwarten, bis sich die andere Seite meldet.«

»Falls sie das tut, Sir.«

»Wieso?«

»Sie erwähnten es schon. Man kann uns nicht erpressen. Es muss etwas anderes dahinterstecken.«

»Die Macht der Hölle mal wieder?«

»Ich schließe nichts aus, Sir.«

»Vielleicht auch die Mafia.«

»Weniger. Es gibt Logan Costello ja nicht mehr. Seine Nachfolge ist auch nicht geregelt. Ich glaube nicht, dass wir unsere Fühler in diese Richtung ausstrecken müssen.«

»Gut, Suko. Sie fahren jetzt wahrscheinlich zu Ihrer Wohnung und verbringen dort die Nacht.«

»Das hatte ich vor.«

»Dann sind Sie ja erreichbar.« Sir James räusperte sich. »Hoffen wir das Beste, Suko.«

»Sicher, Sir, wenn das nur so einfach wäre. Ich sehe große Probleme auf uns zukommen.«

»Gut, bis später.«

Um das erste Problem kümmerte sich Suko sofort. Er rief beim Yard an und dort in der Abteilung, die für die Technik zuständig war. Suko wollte auf jeden Fall, dass der Rover abgeholt wurde. Als das geklärt war, startete er den BMW und machte sich auf den Rückweg, wobei der innere Druck nicht weichen wollte. Suko ahnte nicht nur, er wusste, dass es erst der Anfang eines teuflisch-genialen Plans war ...

Ich wusste nicht, wie ich mich fühlte, aber ich lebte!

Ich war wieder erwacht. Ich hatte meine Augen normal öffnen können, nur war es leider vergebens gewesen, denn ich sah nichts. Die Dunkelheit hüllte mich ein.

Allerdings nicht unbedingt so dicht. Es gab schon Lücken, vielleicht war es auch nicht so schwarz um mich herum, jedenfalls verschob sich die Farbe etwas in einen helleren Ton hinein, und so wurde aus dem Schwarz mehr ein Grau.

Nur das, nichts weiter!

Ich lag, und ich blieb liegen. Ich hatte gar nicht das Bedürfnis, irgendwelche Anstalten zu treffen, mich herumzurollen. Es ging mir sogar recht gut. So wohl wie ich konnte sich jemand fühlen, der in einem wunderbaren Wasser lag, das nicht nur warm war, sondern auch eine hohe Konzentration an Salzen hatte, die dafür sorgte, dass dieses Wasser einen Menschenkörper trug.

Bilder von Menschen, die im Toten Meer auf dem

Rücken liegen, sich treiben lassen und dabei die Zeitung lesen, kamen mir in den Sinn, denn so fühlte auch ich mich. Es war herrlich, und da machte es nichts, dass ich mich nicht bewegen konnte. Zudem hatte ich es auch nicht so richtig versucht. Das Interesse war nicht vorhanden. Warum, zum Henker, sollte ich meine Lage zerstören?

Es war das Gefühl, das man bekommt, wenn man nach einem langen und anstrengenden Tag endlich in sein ersehntes Bett steigen kann und die ganze große Welt einem egal sein kann und nur dieses kleine Refugium zählt.

Ja, es tat mir richtig gut, und ich wollte es auch genießen. Zudem überfiel mich wieder die Müdigkeit. Sie spielte mit meinen Augen und übernahm die Kontrolle. Sie wollte einfach nicht, dass ich länger wach blieb, und so sackte ich kurzerhand weg, was mir ebenfalls gefiel, denn ich glitt sehr schnell hinein in die Welt der Träume und der bunten Bilder, die kamen, verschwanden, wieder zurückkehrten und sich erneut zeigten, ohne dass sich irgendwelche Szenen mit besonderer Klarheit herauskristallisiert hätten.

Es war einfach angenehm, in diesem Meer von Farben zu treiben, und ich ließ es gern zu.

Aber es hielt nicht ewig an. Ich wusste überhaupt nicht, wie lange ich in diesem Farbenmeer getrieben hatte, jedenfalls wachte ich wieder auf. Als ich die Augen offen hielt, was auch wiederum schnell geschah, hatte sich nichts verändert.

Es gab kein Licht. Es gab nur diese graue Umgebung, die an einer bestimmten Stelle etwas heller war. Das alles hatte ich schon einmal erlebt, bis auf einen kleinen, aber gravierenden Unterschied.

Ich fühlte mich nicht mehr so happy!

Die positiven Ströme waren zwar noch latent vorhanden, mehr aber auch nicht. Zum großen Teil waren sie abgeebbt, und die Realität begann das Kommando zu übernehmen.

Ich erinnerte mich!

Sehr schwach nur. Das waren Bilder, die von einem Nebel umflort wurden, der leider nicht so schnell weichen wollte. Es hatte auch etwas mit meinem Kopf zu tun, in dem es ratterte und bohrte. Nicht unbedingt, nicht einmal furchtbar unangenehm, aber dieses andere Gefühl war schon im Hintergrund existent.

Was war denn nun passiert?

Die grauen Zellen nahmen ihre Arbeit auf. Ich begann zu denken und auch, mich zu erinnern.

Ich war nicht allein gewesen, das stand fest. Jemand hatte mich begleitet. Dieser Jemand war ein guter Bekannter von mir. Oder eine Bekannte. Gemeinsam hatten wir etwas unternommen. Etwas, das für mich nicht so normal war wie für andere. Ich kam im Moment nur nicht darauf und zermarterte mir das Gehirn, was es denn sein könnte. Es hatte außer der Reihe gelegen, und trotzdem war es nah.

Das Wasser, die Natur ... gewisse Gerüche hatten sich in meine Erinnerungen eingegraben. Ebenso wie das laute Stampfen der Füße. Das Keuchen, das aus dem Mund floss und nur heftiger Atem sein konnte. Die Frauenstimme, der Frauenkörper, der vor mir herlief, und der Kopf, der sich manchmal nach mir umdrehte, wobei ich in ein lachendes Gesicht geschaut hatte. Das war schon ein Bild, das sich tief eingeprägt hatte. Nur kannte ich nicht mehr den Namen der Frau. Der Kanal der Erinnerung war einfach zu schmal geworden.

Aber sie war mir sympathisch gewesen, das konnte ich nicht verneinen. Wir hatten uns gut verstanden.

Wir waren vom Laufen erschöpft und zu einem Wagen gelangt.

Sogar an die Automarke erinnerte ich mich. Es war ein Rover gewesen. Mit ihm hatten die Frau und ich wegfahren wollen. Die Frau? Natürlich, jetzt war die Erinnerung plötzlich wieder vorhanden.

Glenda – sie hieß Glenda!

Da mir der Vorname eingefallen war, dachte ich über den Nachnamen nach, und diesmal brauchte ich nicht so lange, bis ich ihn herausfand.

Perkins!

Sie hieß Glenda Perkins!

Alles klar. Mein Gott, wie hatte ich nur so dumm sein können! Und ich war John Sinclair. Alles paletti. Wenn ich ehrlich sein sollte, lief es besser als ich dachte. Glenda und ich. Wir hatten uns an diesem Abend getroffen und waren gelaufen.

Ja, so und nicht anders.

Die kleine Woge des Glücks kehrte zurück und umspielte mich. Ich überließ mich dem Hochgefühl und zugleich auch meinen Erinnerungen, wobei das wohl ein Fehler gewesen war, denn die kleine Woge wurde brutal zerstört.

Zwei Schatten erschienen – Männer!

Vermummte, die Maschinenpistolen in ihren Händen hielten und damit auf Glenda und mich zielten. Schlagartig war das Hochgefühl weg. Plötzlich hatte mich die Realität zurückgeholt. Ich sah die Männer, die sich so langsam und trotzdem schlangengleich bewegten. Zuerst waren sie auf Glenda Perkins zugegangen. Sie hatten sie gezwungen, sich umzudrehen, und sie war dann von ihnen niedergeschlagen worden. Danach hatten sie sich um mich gekümmert. Mir stand das gleiche Schicksal bevor. Auch mich hatten sie mit einem Schlag erwischt.

In diesem Augenblick kehrte wieder alles zurück. Und das mit einer wahren Brachialgewalt. Eine kräftige Hand hatte mich vom Himmel in die Hölle gerissen. Ich raste hinein in die Realität. Die bedeutete für mich schweres Herzklopfen und Schmerzen im Kopf. Jetzt endlich hatte ich Zeit, mich um mich selbst und meinen Zustand zu kümmern. Ich stellte fest, dass es mir nicht mehr so gut ging, denn im Kopf tobten die Schmerzen.

Ich kämpfte nicht gegen sie an, weil es sinnlos war, ich blieb so still liegen wie ich es schon seit einiger Zeit gewohnt war und versuchte zunächst, den Atem unter Kontrolle zu bringen. Als mir das gelungen war, wollte ich auch wieder klar denken können, um mit meiner neuen Lage zurechtzukommen.

Es klappte ohne Probleme. Ich lag nicht im Bett in meinem Schlafzimmer. Ich lag zwar auf einer bettähnlichen Unterlage, doch die befand sich woanders.

Da ich auch jetzt nur Grau um mich herum sah, konnte ich nur raten. Es stand für mich fest, dass mich die beiden Maskierten nach dem Niederschlag verschleppt hatten.

Aber wohin?

Ich hätte selbst lachen können, als ich mir diese Frage stellte. Eine Antwort würde ich darauf nicht bekommen. Irgendwohin, und wenn es bis an das Ende der Welt war.

Dass dort ein Bett stand, wollte ich zwar nicht glauben, aber für mich traf jeder Vergleich irgendwo zu oder auch nicht. Aber Betten stehen nicht nur in Schlafzimmern, sondern auch woanders. Zum Beispiel in Krankenhäusern und Kliniken aller Art.

Dieser Gedanke ließ mich frieren. Er war schlimm. Entführt und abgeschleppt in irgendeine Anstalt. Vergessen hinter dicken Mauern, was schon einmal in den Staaten passiert war. Da aber hatte mich Suko aus dem Horror hinter Gittern befreien können.

Vergessen in einer Klinik. Von irgendwelchen Wachtposten umgeben, die alles kontrollierten und nichts ausließen. Ein Versuchskaninchen sein, sich nicht wehren zu können. Ein ideales Opfer in den Händen irgendwelcher Sadisten.

Nur ich? Was war mit Glenda geschehen, die man noch vor mir niedergeschlagen hatte?

Plötzlich kribbelte es in mir. Ich wollte hoch – und kam nicht von der Stelle. Die ruckartige Bewegung des Kopfes blieb. Das war auch alles. Höher kam ich nicht und hatte zugleich das Gefühl, dass mein Kopf im Innern zerplatzen würde. Es waren einzig und allein die Schmerzen, die dafür sorgten und einen wahren Feuerwirbel in meinem Kopf veranstalteten.

Es blitzte vor meinen Augen auf. Raketen schossen in die Höhe. Plötzlich hatte ich das Gefühl, einen Weltuntergang zu erleben.

Ich schwamm nicht mehr auf der kleinen Woge des Glücks, man hatte mich brutal in eine Welt gerissen, in der die Gestirne explodierten und mir als Trümmer um die Ohren flogen.

Nur allmählich ebbte dieser Anfall ab. Ich hatte den Kopf wieder behutsam zurückgelegt und spürte unter ihm die Weichheit des Kissens. Wenigstens etwas, das nicht schmerzte.

Jetzt zwang ich mich dazu, ganz und gar ruhig zu sein. Zunächst nur liegen bleiben und so stark wie möglich darüber nachdenken, wo ich mich befinden konnte.

Es war ja nicht zu dunkel. Mich umgab das unnatürliche Grau, das alles verschluckte, so dass ich nicht in der Lage war, überhaupt etwas zu sehen.

Aber eine Stelle war heller.

Ich drehte den Kopf ein wenig nach rechts. So konnte ich mich darauf konzentrieren.

Es war ein Viereck. Wie ein Fenster. Ja, ein Fenster. Jeder Raum hat normalerweise ein Fenster. Und wenn ich hier ein Fenster sah, dann hatte man mich in einen normalen Raum eingesperrt und nicht in ein finsteres Verlies.

Das gab wieder etwas Hoffnung!

Nur waren damit die Probleme noch längst nicht beiseite geschoben. Sie fingen jetzt erst an.

Schon beim Versuch des Aufstehens stellte ich fest, dass es nicht klappte. Nur den Kopf hatte ich anheben können, nicht aber den Oberkörper. Der Grund war einfach. Man hatte mich gefesselt.

Nicht mit Stricken, Drähten oder irgendwelchen Klebebändern. Über meinem Körper klebten breite Bandagen. Zwei oberhalb und unterhalb der Brust, die anderen beiden bedeckten meine Beine. Der Hals war mir zum Glück nicht eingeklemmt worden.

Ich lag also irgendwo. Man hatte mich kalt erwischt, mich einfach geholt. Beim Joggen, denn mit einer Entführung hatte ich nie gerechnet. Der Schlag gegen den Kopf, die tiefe Bewusstlosigkeit, das anschließende Erwachen, das auch mit einem ungewöhn-lichen Glücksgefühl verbunden gewesen war. Das war nicht normal gewesen, denn so etwas hatte ich in einem derartigen Zustand noch nicht erlebt; es war mir danach immer dreckig gegangen.

Woher kam die Veränderung? Und weshalb fühlte ich mich auch jetzt einigermaßen fit?

Es konnte nur daran liegen, dass man mir irgendetwas gespritzt hatte. Eine Droge, eine Chemikalie, die mich praktisch in diesen Rausch hineinversetzt hatte.

Er war jetzt verflogen, und ich merkte schon die Nachwirkungen des Treffers. Mein Kopf schien geschwollen zu sein. Der Druck blieb, er pflanzte sich fort, und es gab keine Stelle, die er ausließ. Trotz allem interessierte mich auch das Schicksal einer weiteren Person. Was war mit Glenda Perkins passiert? War sie auch verschleppt worden oder hatte man sie möglicherweise umgebracht, weil man sie nicht brauchte? Allein die Vorstellung trieb meinen Kreislauf wieder an und mir zugleich das Blut ins Gesicht. Ich fühlte mich plötzlich so kalt und machte mich auch für die Aktion verantwortlich. Hätte ich dem Joggen nicht zugestimmt, wären die Dinge anders gelaufen.

Jedenfalls war es kein Zufall. Der Überfall war geplant gewesen, und man hatte mich zudem schon eine Weile unter Beobachtung gehalten. Möglicherweise nicht nur an dem bewussten Tag, sondern schon Tage oder Wochen zuvor. An diesem Abend war die Gelegenheit eben günstig gewesen. Man hatte zugeschlagen, und ich musste mich mit dem Ergebnis zurechtfinden.

Warum?

Dieses Wort stand als großes Fragezeichen vor meinem geistigen Auge. Warum nur?

Es gab natürlich viele Gründe. Ich war jemand, der auf der Todesliste der Schwarzblütler ganz oben stand. Der Teufel und seine Vasallen hätten mich liebend gern vernichtet gesehen, aber das war ihnen bisher nicht gelungen. Zudem konnte ich meinen eigenen Überlegungen nicht zustimmen. Hätten mich die schwarzmagischen Feinde entführt, hätte ich mich bestimmt in einer anderen Umgebung befunden. Davon ging ich aus, obwohl ich die eigene nicht einmal gesehen hatte, weil das verdammte Grau nicht weichen wollte.

Mir war auch nicht bekannt, wie viel Zeit zwischen der Entführung und meinem Erwachen vergangen war. Das konnten Stunden, aber auch ein Tag gewesen sein. Ich hatte leider keine Gelegenheit, auf meine Uhr zu schauen. Die Streifen hielten mich einfach zu fest.

Kein Licht in meiner Umgebung. Da veränderte sich nichts. Das Grau blieb wie ein Anstrich. Nur das etwas hellere Rechteck fiel mir auf und auch noch eine andere Stelle vor mir. Sie zeichnete sich auch minimal ab. Vom Boden her wuchs sie in die Höhe, und das konnte der Umriss einer Tür sein.

Direkte Angst stieg nicht in mir hoch. Es war mehr eine gewisse Neugierde auf das, was noch kommen würde. Dass man mich auf diesem Bett oder dieser Pritsche liegen und verhungern lassen würde, bezweifelte ich. Man hatte etwas mit mir vor, und dann mussten sich meine Feinde einfach zeigen.

Müde war ich nicht mehr. Das Glücksgefühl hatte sich ebenfalls zurückgezogen, und nur der Druck im Kopf blieb. Aber ich wollte nicht jammern, denn er ließ sich ebenfalls ertragen.

Wann passierte etwas? Ich wünschte mir, dass jemand kam und mich aufklärte. Diese Ungewissheit ging mir auf die Nerven. Das Kribbeln auf meinem Rücken nahm zu. Ich wollte auch nicht steif werden und versuchte deshalb, den Kreislauf in Bewegung zu halten. So gut es ging bewegte ich die Hände und Füße und sorgte so dafür, dass die Durchblutung einigermaßen stimmte.

In gewissen Situationen spricht man von einer absoluten Stille. Das war auch hier der Fall. Es war einfach nur ruhig. Kein fremder Laut erreichte das Zimmer. Die Stille lag wie eine Last auf mir. Oft genug beschränkte ich meine Atmung auf ein Minimum, um zu lauschen, ob sich außerhalb des Zimmers nicht doch etwas tat.

Bisher nicht …

Und dann doch!

Ich war schon wieder zurück in einen leicht depressiven Zustand verfallen, als diese Leck-mich-Stimmung plötzlich vorbei war. Das hatte einen Grund.

Mir waren Geräusche aufgefallen!

Nicht im Raum. Draußen. Vor der Tür. Ich war noch nicht in der Lage, sie zu unterscheiden. Sie ballten sich zusammen und erreichten mich auch nicht besonders laut. Mir war nicht einmal bewusst, ob es sich um Stimmen oder Schritte handelte.

Wenig später wurden die Geräusche erkennbarer. Jemand musste von außen her einen Schlüssel in ein Schloss geschoben haben. Wenig später vernahm ich ein schon saugendes Geräusch, wie beim Öffnen einer Tresortür, und dann war ich in der Lage, mehr zu sehen, wenn auch nicht genug. Ein Viereck malte sich ab. Es hatte die Form einer Tür, aber es war nicht besonders hell.

In das Viereck hinein glitt ein Schatten. Ebenfalls viereckig und auch kompakt. Dieser Schatten wurde in meinen Raum hineingeschoben oder gerollt.

Es war mir nicht möglich, etwas zu sehen, und diejenigen Personen – es waren zwei –, die ihre Aufgabe durchführten, bewegten sich auf leisen Sohlen und gaben keinen Kommentar ab.

Sie schoben den Schatten an eine bestimmte Stelle. Er stand jetzt praktisch neben meinem Bett, aber noch in einer genügend großen Distanz, so dass Einzelheiten für mich nicht zu erkennen waren. Zudem war der Umriss des Gegenstandes recht groß, aber was er beinhaltete, hatte ich nicht sehen können.

Mir war nur eines aufgefallen. Dieser Raum, in dem ich lag, war größer als ich mir vorgestellt hatte. Zwei- oder dreimal so groß, schätzungsweise, denn das schwache Flurlicht verlor sich. Der Gang hinter der Türöffnung war schon zu sehen.

Ich wartete ab, ohne zu sprechen. Die beiden Männer bewegten sich auf Gummisohlen, denn von ihren Tritten war kaum etwas zu hören. Mal ein leises Quietschen, das war auch alles. Ansonsten schwebten sie fast über dem Boden.

Meine Spannung wuchs natürlich weiter. Ich wünschte mir auch, dass sie das Licht einschalten würden, doch das ließen sie leider bleiben. Sie mussten die Augen einer Katze haben, so sicher bewegten sie sich in der grauen Dunkelheit, die nur am Eingang etwas heller war.

Ich blieb weiterhin als stummer Beobachter liegen. Dass sie mir eine schnelle Kugel verpassten, glaubte ich nicht mehr. Diese beiden Männer wollten etwas anderes von mir. Möglicherweise auch mit mir reden, um zu versuchen, Informationen aus mir hervorzulocken.

Sie blieben stumm.

Manchmal drehten sie sich bei ihrer Tätigkeit herum und warfen mir Blicke zu. Die Gesichter glichen einer helleren Masse, die sich durch das Grau bewegte. Sie sprachen kein Wort, arbeiteten stumm und zielstrebig zusammen.

Bis einer von ihnen an meine Liegestatt herantrat und in Kopfhöhe neben mir stehen blieb. Er senkte seinen Kopf etwas, und so konnte ich zur Seite schielen und einen Blick in sein Gesicht erhaschen.

Ich kannte es nicht. Es war für mich eine unbekannte Masse, die über mir schwebte. Da waren Lippen zu einem Grinsen in die Breite gezogen, und ein nach Pfefferminz riechender Atem drang in meine Nase hinein.

»Wieder wach, Sinclair?«

Zum ersten Mal nach längerer Zeit war wieder mit mir gesprochen worden, und plötzlich kehrte die Erinnerung bei mir zurück. Das Gesicht kannte ich nicht, die Stimme schon. Mit ihr hatte auch der Mann gesprochen, der mich überwältigt hatte.

Er wollte eine Antwort haben. Leicht fiel sie mir nicht. Ich musste zunächst den Kloß aus meinem Hals wegräuspern. »Ja, wie Sie sehen, Mister.«

»Das ist gut.«

»Für Sie vielleicht. Für mich weniger. Ihnen ist doch klar, dass ich verdammt viele Fragen habe.«

»Kann ich mir denken. Bullen haben immer viele Fragen. Das ist ihr Schicksal.«

»Toll, wir verstehen uns.«

»Es ist nur die Frage, ob der Bulle auch eine Antwort erhält. In diesem Fall nicht.«

Das hatte ich mir schon gedacht, aber ich versuchte es trotzdem. »Was soll das eigentlich? Warum hält man mich hier gefangen? Und was ist mit Glenda Perkins geschehen?«

»Die liegt dir wohl sehr am Herzen, wie?«

»Zwangsläufig.«

»Keine Sorge. Sie lebt. Ja, sie lebt bestimmt, wenn sie einen harten Schädel hat.«

Die Antwort regte mich nicht nur auf, sie machte mich auch wütend. Hätte ich es gekonnt, ich hätte in diesem Augenblick meine Fesseln gesprengt und wäre diesem Typen an die Kehle gesprungen. Aber das war leider nicht möglich.

Das Gesicht blieb in meiner Nähe. Ich versuchte, es einzuordnen. Harte Züge, das sah ich. Helle Haare, aber mehr auch nicht. Details waren nicht zu sehen, denn die Umgebung blieb recht finster.

»Zufrieden, Sinclair?«

»Nein.«

Der andere lachte. »Wir haben dir übrigens deine Waffe abgenommen. Ein schönes Teil, wirklich. Ich werde sie behalten. Du wirst sie nicht mehr brauchen.«

Ich stellte die Frage, die mir auf dem Herzen lag, die aber trotzdem so banal klang.

»Was habt ihr mit mir vor? Warum liege ich hier gefesselt im Bett?«

»Das ist ganz einfach, Sinclair. Man braucht dich. Ja, man braucht dich wirklich. Es hat lange genug gedauert, doch nun sind die Vorbereitungen abgeschlossen.«

»Na, dann kann ich mich ja freuen. Wer braucht mich denn? Wer ist so scharf auf mich?«

»Es ist ein besonderer Typ. Wirklich. Mehr als außergewöhnlich. Du wirst dich wundern oder auch begeistert sein, wenn du ihn näher kennen lernst.«

»Hat er auch einen Namen?«

Der Mann neben meinem Bett drückte den Kopf zurück und lachte gegen die Decke. »Was sind schon Namen, Sinclair. Aber ich will nicht so sein. Du kannst ihn Professor nennen.«

Das war immerhin etwas. »Ein Wissenschaftlicher also?«, stellte ich die nächste Frage.

»Kein Kommentar.«

»Aber ein Professor ist zumeist ein Wissenschaftlicher oder hat zumindest wissenschaftlich gearbeitet. An etwas anderes habe ich niemals gedacht.«

»Ja, das mag schon sein. Wenn, dann ist unser Professor nicht nur ein ganz besonderer Wissenschaftlicher, dann ist er sogar einmalig. Einmalig auf der Welt.«

»Super. Muss toll sein, für einen solchen Menschen zu arbeiten. Da können Sie sich ja happy fühlen.«

»Ist auch der Fall. Ich würde alles für ihn tun. Mein

Freund übrigens auch. Wir hätten uns nie träumen lassen, einmal so nahe an der Zukunft zu sein.«

»He, was soll das? Ist das höhere Philosophie?«

»Ja, so ähnlich. Zumindest bin ich dem Professor sehr, sehr dankbar. Und du, Sinclair, solltest stolz darauf sein, in seine Nähe kommen zu dürfen. Das ist nicht allen Menschen auf dieser Welt vergönnt. Er ist jemand, der sehr genau selektiert, das kannst du mir glauben. Da weiß ich Bescheid.«

Ich wollte ihn noch etwas fragen, aber er drehte sich um und ging von meinem Bett weg. Dann sprach er mit seinem Kumpan, der sich noch immer am Kasten zu schaffen machte. Er hatte etwas von ihm herabgezogen, so dass der Kasten jetzt frei lag. Trotzdem konnte ich nicht viel sehen, aber ich stellte fest, dass der zweite Mann etwas in den Händen hielt, als er auf den anderen zuging. Er drückte ihm die Gegenstände in die Hände, und der Sprecher nickte zufrieden, bevor er sich umdrehte und wieder auf mein Bett zukam. Ich hatte die Szene misstrauisch beobachtet. Für mich stand fest, dass die beiden etwas mit mir vorhatten, aber ich konnte mir nicht vorstellen, was es war. Da reichte meine Phantasie einfach nicht aus. Gerechnet hatte ich damit, dass man mir eine Pistole an die Schläfe setzen würde oder durch Folter etwas aus mir herauspressen wollte, doch was ich jetzt sah, das war mir schon suspekt.

Er behielt das in den Händen, was man ihm übergeben hatte. Es waren zwei schmale Gegenstände, die an Schläuchen oder Drähten hingen. Mehr sah ich nicht.

Meine Frage überraschte ihn. »Wie heißen Sie eigentlich?«

Der Mann blieb stehen und schüttelte den Kopf. »Ist das so wichtig, Sinclair?«

»Für mich schon. Ich weiß immer gern, mit wem ich es zu tun habe.«

»Oder wie der heißt, der dich zur Hölle schicken will, wie?«, fragte er lachend.

»Das weniger.«

»Egal, aber du kannst meinen Namen erfahren. Ich heiße Falco.«

»Nicht schlecht.«

»So ungewöhnlich wie ich selbst bin und wie es der Professor ist, Sinclair.«

Er war wieder dicht an mein Bett herangetreten und blieb in Kopfhöhe stehen, um mich beobachten zu können. Er schaute direkt in mein Gesicht hinein und tastete es regelrecht mit seinen Blicken ab, wie jemand, der nach einer besonderen Stelle forscht.

Es vergingen einige Sekunden. Ich lag da in einer atemlosen Spannung, denn in kürzester Zeit würde etwas geschehen, das stand für mich fest. Diese seltsamen Gegenstände hielt er noch immer in den Händen. Jetzt, wo ich sie besser sah, verglich ich sie mit irgendwelchen Sonden, die sehr wichtig waren.

Plötzlich schwebten seine Hände über meinem Gesicht. Genau suchte dieser Falco sich die Stellen aus, die für ihn wichtig waren, und das waren meine beiden Schläfen.

Ich zuckte zusammen, als sie von den kalten Sonden oder Platten berührt wurden. Der Schauer rann über meinen Körper hinweg und fraß sich dort fest.

»Wunderbar«, hörte ich dicht über meinem Gesicht seine Flüsterstimme. »Das ist perfekt.« Wieder streifte mich sein Pfefferminz-Atem, und ich zog die Nase kraus.

Rechts und links des Kopfes verstärkte sich der Druck, als der Mann die kalten Metallplatten noch härter dagegen presste. Sie saugten sich fest wie

Gummis, und ich merkte deutlich den Druck an den beiden Seiten, der auch nicht verschwand.

Falco richtete sich wieder auf und trat einen Schritt zurück. »Ja, das ist gut!«, lobte er sich selbst.

Damit konnte ich nichts anfangen. Aber der Mann hatte mir das Blickfeld frei gegeben, und so verfolgte ich die beiden Schläuche oder Drähte so weit wie möglich.

Sie endeten oder begannen an und in dem Gerät, das von den beiden Männern hereingeschoben worden war. Ich war also daran angeschlossen. Mit ihm verdrahtet, wie auch immer.

Allmählich drang Schweiß aus meinen Poren. Das gefiel mir nicht. Auch deshalb nicht, weil die beiden Männer mit ihrer seltsamen Arbeit noch nicht fertig waren. Sie brachten nur weitere Sonden und Verbindungsstücke in meine Nähe. Ich spürte sie an der Stirn und auch hinter den Ohren. So war ich letztendlich sechsmal verdrahtet.

Ich hatte mir alles Mögliche vorgestellt und auch wieder verworfen, doch der Wahrheit war ich nicht im Entferntesten nahe gekommen. Was das sollte, wusste ich auch nicht.

Die beiden Männer hatten ihren Job getan. Sie schauten noch einmal nach, ob alles in Ordnung war, und ich beobachtete sie dabei. Sie gingen wieder auf diesen seltsamen Gegenstand zu, kippten ihn und richteten ihn zugleich auf.

So geriet er in eine Schräglage hinein, in der er auch blieb. Ich bekam alles nur schattenhaft mit. Wegen der Lichtverhältnisse blieben mir die Einzelheiten verborgen, aber die andere Seite war mit ihrer Arbeit sehr zufrieden.

Zuletzt wurde noch ein Tuch von dem kantigen Gegenstand weggezogen. Ich konnte ihn besser sehen, und er erinnerte mich an einen schräg nach hinten gekippten Sarg, von dem aus die Sonden, Drähte oder Schläuche zu mir hin führten und an meinem Kopf die Verbindungsenden gefunden hatten.

Den Inhalt des ›Sarges‹ sah ich nicht. Aber es gab ihn. Er schimmerte durch die Scheibe. Ein grober Umriss. Leicht gerundet. Das war alles, was ich erkannte.

Der zweite Mann ging zur Tür. Falco kam noch einmal zu mir. »Es ist alles wunderbar vorbereitet, Sinclair. Perfekt. Du kannst dich wirklich freuen.«

»Warum sollte ich das?«

»Weil nicht jedem die Chance geboten wird wie dir. Aber du wirst nicht der einzige bleiben, warte es ab.« Er lachte kurz auf und schlug mit der flachen Hand gegen meine Brust. Es war die vorläufig letzte Berührung zwischen uns beiden, denn er drehte sich um und ging mit schnellen Schritten auf die Tür zu, wo sein Kumpan stand und auf ihn wartete. Beide verschwanden.

Mit einem dumpfen Knall fiel die Tür wieder zu, und abermals legte sich die Dunkelheit über den Raum . . .

»Du siehst aber schlimm aus«, sagte Shao.

»Meinst du?«

»Schau mal in den Spiegel.«

Suko winkte ab. »Ich weiß, aber ich habe auch eine verfluchte Nacht hinter mir.«

»Das habe ich gemerkt.«

»Wieso?«

Shao schenkte Suko und sich Tee ein. »Du warst kaum in der Lage, für fünf Minuten auf einer Stelle liegen zu bleiben. Es war schlimm. Du hast dich immer wieder von einer Seite zur anderen gewälzt, gestöhnt, manchmal geflucht, bist sogar aufgestanden und ...«

»Ja, ja, ich weiß. Es war eben die Sorge um John. Verdammt, sie haben ihn entführt. Niemand weiß, wo er steckt. Da kann man doch durchdrehen, verflucht!«

Shao gab ihm Recht und sagte dann: »Du solltest trotzdem deinen Tee trinken. Er wird dich beruhigen.«

»Mal sehen.« Suko probierte ihn. Von Shao wurde er beobachtet, und sie sah sofort, dass er mit den Gedanken nicht bei der Sache war. Auch während des Essens nicht, das er nicht genießen konnte. Er aß einfach nur, weil die Sachen dort standen.

»Dieses Müsli hat dir sonst immer gut geschmeckt, Suko.«

»Ich weiß. Nur heute nicht. Ich kann nicht, verflucht! Es geht mir gegen den Strich, dass ich nicht weiß, wo sich John aufhält. Wie oft habe ich in der Nacht daran gedacht, dass er schon tot sein kann.«

»Das ist möglich.«

Suko war über die Bemerkung entsetzt. »Und das sagst du so einfach?«

»Ja, warum nicht? Aber es ist nicht wahrscheinlich. Du musst mal versuchen, wieder logisch und normal zu denken. Wenn sie John hätten töten wollen, dann hätten sie es einfacher haben können. Sie haben es nicht getan. Stattdessen haben sie ihn gekidnappt und Glenda niedergeschlagen. Also haben sie mit ihm noch etwas vor. So einfach ist das.«

Suko hatte sich mit seinem Müsli beschäftigt und auch normal gegessen. Er nickte jetzt. »Ich denke auch, dass es stimmt«, sagte er. »Sie haben etwas mit ihm vor. Er wurde verschleppt und wird jetzt irgendwo gefangen gehalten. Da Sir James noch nicht angerufen hat, ist die nächtliche Fahndung nach ihm im Sande verlaufen. Es wird eine verdammte Sucherei werden, Shao, darauf kannst du dich verlassen. Ich weiß nicht einmal, wo ich ansetzen muss. Glenda hat die beiden Täter nicht erkennen können, weil sie maskiert gewesen waren, und sie hat auch nicht das Fahrzeug gesehen, mit dem sie kamen. Das ist ein verdammter Mist, wenn ich ehrlich sein soll.«

»Ja.«

Suko schob den fast leeren Teller zur Seite. »Besonders nervt es mich, dass ich nicht weiß, was man mit ihm vorhaben könnte. Da gibt es tausend Dinge, die mir durch den Kopf gingen, doch zu einem Resultat bin ich nicht gekommen.«

»Asmodis?«, fragte Shao.

Suko zuckte mit den Schultern.

Shao wollte noch einige andere Namen aufzählen, aber ihr Freund winkte ab. »Das hat keinen Sinn, wenn wir uns hier den Kopf zerbrechen. Wir müssen es hinnehmen. Ich habe ja auch hin und her überlegt. Was du sagen wolltest, ist mir auch durch den Kopf gegangen, und irgendwo hat sich dann auch ein Ergebnis herauskristallisiert.«

»Sag es!«

»Es kann sein, dass hinter der Entführung keine dämonischen Aktivitäten stecken.«

»Nicht schlecht gedacht. Wer dann?«

»Gangster.«

Shao ließ die Gabel sinken, mit der sie Rührei und Schinken vom Teller gepickt hatte. »Du meinst damit die normalen Killer oder Verbrecher, denke ich.«

»Ja, das denke ich.«

»Costellos Nachfolger.«

Suko hob die Schultern. »Möglich ist alles. Man müsste da seine Fühler ausstrecken und . . .«

Das Telefon unterbrach ihn mit seinem Klingeln.

Für einen Moment saßen beide unbeweglich auf ihren Plätzen. Jeder von ihnen dachte an John Sinclair, das war ihnen sogar in die Gesichter geschrieben. In Suko kam zuerst Bewegung.

Mit einem raschen Griff hatte er das Telefon von der Station genommen und meldete sich.

»Sie sind es, Sir James.«

»Und das mit einer schlechten Nachricht.«

Suko merkte, wie er erbleichte. »Sagen Sie nicht, dass er ...«

»Nein, nein, ich wollte Sie nicht erschrecken und Ihnen nur mitteilen, dass die Fahndung nichts gebracht hat.«

»Das dachte ich mir, Sir. Wer immer sich John auch gekrallt hat, er hat alles gut vorbereitet. Shao und ich haben schon an die Mafia gedacht.«

»Sehr gut. Auch ich konnte die Spur nicht ausschließen. Es sind bereits unsere V-Männer und Spitzel informiert worden, damit sie sich umhören. Bisher hat es noch nichts gebracht, aber es ist immerhin eine kleine Chance.«

»Sicher. Wie geht es Glenda?«

»Sie brauchen nicht anzurufen, Suko. Das habe ich getan. Der behandelnde Arzt sagte mir, dass er sie schon wieder hinbekommen würde. Sie braucht einfach nur Ruhe und keinen Stress. So werden wir uns davor hüten, mit ihr Kontakt aufzunehmen. Zumindest in den nächsten beiden Tagen sollte sie keinen Besuch empfangen, meinte der Arzt.«

»Ich werde es auch Shao sagen, Sir.«

»Ja, das ist gut.« Sir James wechselte den Hörer in die andere Hand, was Suko auch hörte. »Jetzt mal zu etwas anderem, Inspektor. Wie sehen Ihre Pläne für die nähere Zukunft aus? Haben Sie sich darüber schon Gedanken gemacht?«

»Natürlich.«

»Und?«

Suko musste lachen, was sich gequält anhörte. »Ich werde versuchen, John zu finden, aber können Sie mir sagen, wo ich ansetzen soll?«

»Nein, Suko, das kann ich nicht. Aber ich möchte Ihnen einen Vorschlag machen. Es wird vielleicht am besten sein, wenn Sie ins Büro kommen. Ich bin hier so etwas wie eine Zentrale. Wir werden abwarten, ob unsere V-Leute eine Spur finden oder ob sich die Entführer melden. Es kann ja auch alles auf eine Erpressung hinauslaufen, die einzig und allein uns gilt. Obwohl die andere Seite wissen müsste, dass wir uns nicht erpressen lassen. Ausschließen dürfen wir jedoch nichts.«

»Nein, Sir.«

»Gut, dann erwarte ich Sie zur üblichen Zeit. Wollen Sie mit dem Wagen kommen?«

»Das hatte ich vor.«

»Ich warte dann.«

Als Suko aufgelegt hatte, sah er nicht eben glücklich aus. Auch Shao schaute ihm besorgt entgegen, und sie sah, wie ihr Freund den Kopf schüttelte.

»Nichts?«, fragte sie leise.

»Nein, keine Spur. Auch unsere Spitzel und V-Leute haben nichts gehört.«

»Sie stehen auch erst am Beginn.«

»Richtig, das habe ich auch gedacht. Und es gibt mir zumindest etwas Hoffnung.«

»Wie ich gehört habe, willst du ganz normal ins Büro fahren?«

»Es ist am besten. Da stimme ich Sir James zu.« Suko zuckte die Achseln. »Ich kann nichts tun, Shao. Es läuft alles an uns vorbei, und wir wissen nicht, wo wir einhaken sollen. Glenda ist eine Zeugin gewesen, die vieles gesehen hat und auf die wir trotzdem hätten verzichten können, dann wäre sie nicht in diese verdammte Lage hineingeraten. Es geht ihr übrigens den Umständen entsprechend. Sir James meinte, dass sie heute und morgen keinen Besuch empfangen soll, um sich zunächst einmal auszuruhen.«

»Das versteht sich. Aber mir ist noch etwas eingefallen«, sagte Shao. »Willst du nicht die Conollys einweihen? Oder auch Jane und Lady Sarah?«

»Nein, nicht unbedingt. Es soll nicht zu viel Staub aufgewirbelt werden. Vielleicht haben wir später Hilfe nötig, aber jetzt noch nicht.«

»Okay.«

Suko trank den Rest Tee aus der Tasse. »Dann werde ich jetzt mal den Abflug machen. Ich nehme dann den BMW. Der Rover wird wohl noch in der Werkstatt stehen.«

Shao stand auf. Im schmalen Flur holte sie ihn ein, als Suko sich die Jacke überstreifte. Sie stellte sich dicht vor ihn und strich mit ihren Händen an seinen Wangen entlang. »Gib bitte auf dich Acht, Suko. Versprichst du mir das?«

»Ja, gern.« Er schüttelte etwas verwundert den Kopf. »Wie kommt es, dass gerade du so besorgt um mich bist?«

Shao senkte den Blick und wischte eine Strähne ihres langen Haars zur Seite. »Das kann ich dir nicht so genau sagen. Ich verlasse mich da mehr auf mein Gefühl.«

»Und das ist nicht gut?«

»Richtig. In mir ist eine seltene Unruhe. Ich spüre, dass der Fall noch nicht vorbei ist. Da dreht sich etwas. Da ... da ... kommt etwas auf uns zu. Es schleicht sich heran, und es gefällt mir überhaupt nicht. Es ist wie ein Druck, der mich beklommen macht. Du magst es anders sehen, aber ich habe da meine Probleme.«

»Sehe ich nicht anders.«

»Und deshalb sei auch du vorsichtig.« Sie lachte. »Ruf mal zwischendurch an.« Shao wurde verlegen. Röte stieg in ihr Gesicht. »Jetzt komme ich mir schon vor wie eine Spinnerin, die den Teufel an die Wand malt. Aber ich denke wirklich so.«

»Finde ich toll, Shao.«

»Warum?«

»Weil es noch Menschen gibt, denen auch andere etwas bedeuten.« Beide umarmten sich. »Du brauchst dir keine Gedanken zu machen, Shao. Ich werde dich vom Büro aus anrufen.«

»Okay, dann ab mit dir.«

Suko verließ die Wohnung. Er sah nicht mehr, dass Shao sich gegen die Wand drückte und ihre Hände zu Fäusten ballte. Dabei schimmerten Tränen in ihren Augen ...

Der Alltag hatte Suko wieder und damit auch der übliche Weg nach unten. Der führte ihn diesmal in die Tiefgarage, wo sein schwarzer BMW stand, der in der Ruhe immer so wirkte wie ein auf der Startlinie stehendes sprungbereites Raubtier.

Im Lift und auf der Fahrt nach unten drehten sich seine Gedanken um den Fall. Er stellte sich immer wieder die Frage, warum man John gekidnappt hatte. Wer so etwas tat, der hatte sich auch einen Plan zurecht gelegt, und das sicherlich nicht erst seit gestern. Es war bestimmt eine lange Phase der Vorbereitung nötig gewesen, und das hieß auch Kontrolle und Überwachung.

Davon hatte Suko nichts bemerkt, und auch seinem

Freund war nichts aufgefallen. Jedenfalls waren ihre Feinde raffiniert vorgegangen, eben wie echte Profis. Die Art der Entführung ließ nicht unbedingt auf schwarzmagische Wesen schließen, sondern mehr auf Gangster, auf normale Verbrecher und Killer.

Aber was, zum Teufel, hatten die mit John Sinclair zu tun? Wann und wo war er ihnen in der letzten Zeit auf die Füße getreten? Suko konnte sich an nichts erinnern, und er spürte, wie seine Hände immer feuchter wurden.

Der Schweiß bildete sich auch auf der Oberlippe. Die Kabine kam ihm plötzlich eng vor, und er glaubte, einen Kloß im Hals zu haben.

Es konnte daran liegen, dass er durch Shao nervös geworden war. Ihre Worte und Warnungen hatten ihn regelrecht aufgeputscht, aber weiter dachte er nicht, denn er hatte sein Ziel – die Tiefgarage – erreicht.

Suko betrat den großen, unterirdischen Raum. Um diese Zeit herrschte immer etwas Betrieb. Er wunderte sich auch nicht, dass das Tor wie ein Maul offen stand. Es gab immer wieder Menschen, die zum Dienst fuhren und sich in den Verkehr stürzten.

Der BMW stand links von der schmalen Lifttür. Die Ecke dort war ziemlich dunkel. Das Licht floss praktisch daran vorbei, und Suko steuerte den Flecken an.

In seiner Nähe lenkte jemand einen Ford aus der Parktasche und rollte in Richtung Ausfahrt. Der Fahrer winkte ihm noch zu, zog das Lenkrad herum und rollte mit leicht quietschenden Reifen der Ausfahrt entgegen.

Suko wartete nicht länger. Zielstrebig ging er auf seinen BMW zu. Die schwarze Raubkatze stand startbereit in der Parklücke. Er hatte sie rückwärts hineingefahren, und so glotzten ihn die beiden blassen Scheinwerferaugen an.

Er war gedanklich bei John Sinclair, aber auch im Büro. So dass er kaum auf die Umgebung achtete. Außerdem war sie ihm bekannt. Er fuhr fast jeden Tag hier hinab, und da brauchte er sich keinen Stress zu machen.

Plötzlich schlug sein Herz schneller.

Er kannte den Grund nicht. Es war einfach über ihn gekommen. Er wollte sich drehen und hinter die in der Nähe stehende Säule schauen, doch dazu kam er nicht mehr.

Der andere war schneller.

Es erwischte Suko in der Bewegung. Er hörte ein zischendes Geräusch, und einen Moment später fegte etwas in sein Gesicht hinein, das sich sofort in seinen Augen festsetzte.

Es hatte auch den offenen Mund erwischt. Im ersten Moment bekam Suko keine Luft mehr. Der Schock erwischte ihn. Ein Gift, ein Nervengift in das Gesicht hineingesprüht, das ihn praktisch auf der Stelle lähmte.

Die anderen hatten leichtes Spiel.

Er sah sie nicht, wie sie von zwei verschiedenen Seiten an ihn herankamen. Er hörte nur die schnellen und gleitenden Schritte, und dann erwischte ihn der Schlag in den Nacken.

Es war ein Treffer, der Sukos Knie weich werden ließ. Es war ihm auch nicht möglich, die Arme zu bewegen, und er kam auch nicht vom Fleck. Alles hatte sich für ihn verändert.

Aber er stand noch.

Und er konnte auch hören.

Das Lachen, das Flüstern der beiden, und einen Moment später erwischte ihn der zweite Hieb.

Der reichte aus!

Er fiel nach vorn. Er kam nicht mehr hoch. Es war

alles dunkel geworden, und vor seinen Augen raste die Finsternis in Wellen heran.

Er schlug nicht auf den Boden. Plötzlich waren Hände da, die ihn auffingen und wie ein Sprungtuch wirkten, in das er hineingefedert war.

Alles war okay. Zumindest für die beiden Männer, die den Bewusstlosen blitzschnell in den Schatten zogen, wo es keine Zeugen gab, die hätten zuschauen können.

Beide behielten die Nerven und warteten so lange ab, bis die letzten Wagen, die schon unterwegs gewesen waren, die Garage verlassen hatten.

»Das ging besser als ich dachte«, sagte Falco.

Sein Kumpan nickte. »Wir sind eben das perfekte Team.«

»Und der Professor wird sich freuen.«

»Was ist mit dem dritten?«

»Den holen wir uns auch noch.«

Sie trugen Suko zu einem kleinen Lieferwagen und öffneten die hintere Tür. Es war kein Problem, den Bewusstlosen in den Wagen zu stecken.

Zeugen gab es auch keine.

Als das dunkle Fahrzeug aus der Tiefgarage rollte, beschäftigten sich die Kidnapper bereits gedanklich mit ihrem nächsten Opfer . . .

Shao war es gewohnt, tagsüber allein zu sein. Sie verzweifelte daran nicht, rutschte auch nicht in Depressionen hinein, sondern blieb zumeist ruhig und gelassen.

Außerdem gab es da ein Hobby, ihren Computer. Sie war eine große Surferin vor dem Herrn, und das Surfen im Internet hatte sich zu einer regelrechten Leidenschaft für sie entwickelt. Außerdem gehörte sie zu den Menschen, die den neuen Spielplatz Börse entdeckt hatten. Dort zu spekulieren machte ihr richtig Spaß. Keine großen Summen, eher das kleine Geld, ihrem Einkommen angepasst, doch so manches Pfund hatte sich Shao bereits an der Börse geholt und das so gewonnene Geld auf ein kleines Sparkonto gelegt. Natürlich hatte sie auch Reinfälle erlebt. Die aber hielten sich ebenso in Grenzen wie die Gewinne.

Der Markt in Europa war von den neuen Technologien überschwemmt worden. Wer heute nicht als Firma an die Börse ging, der war einfach nicht *in*. So fühlte sich Shao zwar nicht – In-Personen waren ihr immer suspekt, aber mitreden konnte sie schon. Damit hatte sie Suko bereits das eine oder andere Mal verblüfft.

Eigentlich hatte Shao vorgehabt, sich an diesem Morgen mit den neuen Kursen zu beschäftigen. Es war ein Leichtes, sich an den Computer zu setzen und sich die Kurse hinunterzuladen. Aber ihr fehlte an diesem Tag der Drive. Shao bekam nicht die Kurve. Sie war irgendwie zu unruhig. Die Sorge wegen John, aber auch wegen Suko hatte schon zugenommen. Es war bei ihr keine Einbildung, sie spürte einfach die schlechten Vibrationen, die sie immer wieder trafen und auch behinderten. Das ging an diesem Vormittag nicht mit rechten Dingen zu.

Auch als eine halbe Stunde vergangen war und Shao das Geschirr in die Spülmaschine geräumt hatte, war die Unruhe nicht von ihr gewichen.

Dabei hatte Suko völlig normal das Haus verlassen. Er würde ins Büro fahren und dort mit Sir James sprechen. Das passierte fast jeden Tag.

Und doch war es an diesem Morgen anders, sonst wäre sie nicht von derartigen Beklemmungen erwischt worden. Ihr wurde manchmal kalt und dann wieder heiß. Sie wusste nicht, ob sie sich hinsetzen oder durch die Wohnung laufen sollte. Sie kam sich vor, als würde sie dauernd gegen ein Hindernis rennen.

Zweimal schon hatte sie den Hörer des Telefons abgehoben, um im Büro anzurufen. Sie hatte ihn dann wieder aufgelegt. Es hatte keinen Sinn. Bei diesem Verkehr würde Suko lange brauchen, um das Büro zu erreichen.

Shao war ein Mensch, eine Frau, aber auch eine besondere Person. Denn sie war die Letzte in der langen Ahnenreihe der Sonnengöttin Amaterasu. Sie konnte andere Welten betreten, sie konnte sich verwandeln in das Phantom aus dem Jenseits. Da war sie die Frau mit der Maske und der Armbrust. Das alles war ihr bekannt, darüber dachte sie auch oft genug nach, aber das interessierte sie in diesem besonderen Fall nicht. Es hatte nichts mit ihren besonderen Sorgen zu tun, die sie jetzt quälten, obwohl sie keinen Beweis dafür hatte, dass sich ihr Partner in Gefahr befand.

Aber das Gefühl blieb ...

Je mehr Zeit verstrich, um so stärker wurde es. Wie eine Last lag es auf ihrer Brust, und Shao kam sich vor wie aufgezogen, wenn sie durch das Zimmer und die Wohnung ging.

Auch der immer öfter folgende Blick auf die Uhr war nicht normal.

Die Sorge trieb sie weiter. Sie war innerlich so aufgewühlt wie lange nicht mehr und blieb schließlich direkt vor dem Telefon stehen. Sie wollte jetzt anrufen, denn seit Sukos Abfahrt war schon eine Stunde vergangen.

Dazu kam es nicht mehr. Shaos Hand lag schon auf dem Hörer, als sich der Apparat meldete. Sie hatte nicht damit gerechnet, erschrak, und die Hand zuckte auch zurück, bevor sie endgültig zugriff und den Hörer abhob.

»Ja, bitte ...«

»Guten Morgen, Shao.«

»Sie sind es, Sir James.« Es war schon seltsam, aber nicht die Spur einer Erleichterung wollte sie überkommen. Der Superintendent rief zwar hin und wieder mal an, aber an diesem Tag fand sie es irgendwie als bedrückend.

»Kann ich was für Sie tun?«

»Ja, irgendwie schon. Ich hätte gern mit Suko gesprochen. Er wollte doch kommen und ...«

»Wieso? Ist er nicht im Büro?«

»Nein.«

Trommelschlag in der Brust. Shao presste ihre Hand hart unter ihren linken Busen. Sie erbleichte und hörte sich mit einer ihr fremd vorkommenden Stimme flüstern: »Dabei ist er schon vor gut einer Stunde gefahren.«

»Dann hätte er eigentlich schon bei mir sein müssen.«

»Stimmt«, flüsterte sie.

»Nun ja, es kann sein, dass er im Verkehr stecken geblieben ist.«

»Haben Sie es denn über das Handy versucht?«

»Natürlich. Es ist stumm.«

»O nein.«

»Bitte, machen Sie sich keine Sorgen. Wir beide kennen den Berufsverkehr und ...«

Plötzlich schoss Shao eine Idee durch den Kopf. »Sir, ich rufe Sie gleich zurück. Ich möchte nur noch etwas klären.«

»Was denn?«

»Bitte, gleich.«

»Ich warte.«

Shao legte den Hörer wieder auf. Wo sie ihn angefasst hatte, blieb ein Schweißfilm zurück. Sie hatte es plötzlich mehr als eilig und schaffte es soeben noch, den Schlüssel zu packen und ihn mitzunehmen. Dann verließ sie mit eiligen Schritten die Wohnung. Sie musste auf den Lift warten, der sie nach unten brachte, und die Zeit wurde ihr verdammt lang.

Endlich konnte Shao einsteigen. Der Weg führte sie abwärts in die Tiefgarage. Ein bestimmter Verdacht wollte ihr nicht aus dem Kopf gehen. Wieder verging die Zeit viel zu langsam. Sie atmete auf, als der Lift endlich stoppte.

Es war nicht weit bis zu der Parktasche, in der immer der schwarze BMW stand.

Auch jetzt noch!

Shao blieb stehen, als hätte sie einen Schlag bekommen. Für einen Moment drehte sich alles vor ihren Augen. Sie spürte das Zittern in den Knien, den harten Druck im Kopf und streckte den rechten Arm aus, um sich an einer Säule abstützen zu können.

Ruhig, hämmerte sich Shao ein. Du musst jetzt ruhig bleiben. Du darfst nicht die Nerven verlieren. Alles andere wäre falsch. Nicht von Gefühlen leiten lassen. Immer Acht geben, aufpassen. Nur nicht die Realität aus dem Blickwinkel verlieren.

Es war ruhig in der Garage. Die meisten Berufstätigen hatten das unterirdische Gelände bereits verlassen. Ein anderer Mensch befand sich sichtbar nicht in ihrer Nähe.

Trotzdem fühlte sich Shao mehr als unwohl.

Es kostete sie Überwindung, zum BWM zu gehen. Sie stellte sich vor, Suko in seinem Fahrzeug liegen zu sehen. Mit einer Kugel im Kopf oder durchschnittener Kehle.

Nein, nur das nicht.

Es war auch nicht mehr als eine Momentaufnahme, denn plötzlich dachte sie wieder an John Sinclair, der ebenfalls so mir nichts dir nichts verschwunden war. Es konnte gut sein, dass Suko das gleiche Schicksal erlebt hatte.

Die Chinesin erreichte den Wagen und schob sich an der Fahrerseite entlang. Sie warf den ersten Blick durch die hinteren Scheiben. Auf dem Rücksitz lag kein Körper.

Etwas erleichterter ging sie weiter und blieb neben der Fahrerseite stehen.

Der erste Blick nach unten.

Es saß niemand hinter dem Lenkrad. Shao konnte aufatmen, aber da sie den Wagenschlüssel mitgenommen hatte – das war auch mehr Zufall gewesen –, schloss sie den Kofferraum auf, um dort nachzuschauen.

Er war leer!

Shao atmete auf. Ein etwas anderes Gefühl durchströmte sie. Sie fühlte sich jetzt glücklicher, aber die Weichheit war trotzdem nicht aus den Beinen verschwunden.

Sie schaute sich noch einmal in der Umgebung um und kontrollierte die dunkelsten Stellen. Die Vorstellung, Suko hier verletzt liegen zu sehen, wollte nicht aus ihrem Kopf.

Auch dort sah sie niemand.

Aber wo steckte er?

Freiwillig war er nicht ohne Auto aus der Tiefgarage verschwunden. Ihr kam sofort der Gedanke, das man ihm aufgelauert, ihn bewusstlos geschlagen und entführt hatte. Wie John auch. Aber bei Suko? Bei einem Mann, der immer sehr vorsichtig war und einen Riecher für Gefahr hatte? Es war sicherlich schwer für die andere Seite gewesen. Allerdings zeigte es auch ihre Klasse. Shao ging davon aus, dass sie ihren Freund hier unten in der Garage nicht mehr finden würde. Auch hatte sie versprochen, Sir James wieder anzurufen. Er wartete bestimmt. Es bestand ja noch die winzige Hoffnung, dass Suko nicht den Wagen genommen hatte, sondern mit der U-Bahn gefahren war.

In der Wohnung angekommen, musste Shao zunächst einen Schluck Wasser trinken, weil ihre Kehle trocken war. Erst als das Glas leer war, tippte sie die Nummer ein und schaute dabei auf ihre leicht zitternden Finger.

Sir James meldete sich sofort.

»Ist er schon bei Ihnen?«, fragte Shao.

»Nein.«

»Dann wird er auch nicht mehr kommen.«

Pause. Nur kurz. »Was macht Sie so sicher, Shao?« Sir James' Stimme blieb unnatürlich ruhig.

»Sein Wagen steht noch in der Tiefgarage. Ich meine, Sir, dass Suko sie allein nicht verlassen hat, und ich glaube auch nicht, dass er die U-Bahn genommen hat.«

»Ja, dann wäre er hier.«

»Für mich steht fest«, sagte sie nach einem langen Atemzug, »dass man ihn entführt hat. Es war der perfekte Plan, wie auch bei John Sinclair. Man hat auf ihn gewartet und ihn dann überrascht, was gar nicht einfach ist. Aber daran erkennen wir, mit welchen Gegnern wir es zu tun haben. Die überlassen nichts dem Zufall.«

Sir James hatte Shao nicht unterbrochen. Jetzt sagte er mit gepresst klingender Stimme: »Ich befürchte, dass Sie Recht haben, Shao – leider. Erst John, dann er. Man will uns schwächen. Oder man hat uns bereits schwach gemacht?«

»Aber wer, Sir? Wer steckt dahinter und zieht die Fäden?«

»Ich habe nicht die Spur einer Ahnung, Shao. Ich weiß es nicht. Ich werde auch keine Vermutungen äußern, um Sie nicht auf einen falschen Gedanken zu bringen.«

»Was können wir überhaupt tun?«

»Eine gute Frage. Auch da muss ich leider passen. Wahrscheinlich gar nichts. Die andere Seite hält die Trümpfe in der Hand. Jetzt kann sie damit wuchern.«

»Gegen uns.«

»Das denke ich.«

»Aber so leicht war es nie!«, rief Shao in den Hörer hinein. »Das begreife ich nicht. Da haben sich ungezählte Schwarzblütler fast die Köpfe zerbrochen und es nicht geschafft, aber plötzlich sind gleich zwei verschwunden.«

»Alles so klar, Shao. Was mich wiederum darauf bringt, dass es möglicherweise keine dämonischen Kräfte waren und wir wirklich unsere Experten in die Londoner Unterwelt schicken sollen. Mehr kann ich im Moment auch nicht raten.«

»Das glaube ich Ihnen gern, Sir. Aber wissen Sie, worüber ich noch nachgedacht habe?«

»Nein, wie sollte ich?«

»Wer wohl der nächste sein wird, den man entführt.«

Die Worte hatten Sir James getroffen. Er legte eine Pause ein. Dann fragte er mit leicht veränderter Stimme: »Wie kommen Sie darauf, Shao?«

»Ich kann es Ihnen nicht sagen«, antwortete sie mit einem bitteren Lachen. »Es ist mir einfach so in den Sinn gekommen, wissen Sie.«

»Wirklich nur so?«

»Nein«, gab Shao mit leiser Stimme zu. »Es kann

auch sein, dass jemand dabei ist, das gesamte Sinclair-Team aus dem Verkehr zu ziehen.«

Sir James schwieg. Er ging auch bei seiner Antwort auf das Thema nicht ein. Er sagte nur: »Es muss irgendwann etwas passieren. Das heißt, die andere Seite wird sich melden. Sie hat jetzt zwei Trümpfe in der Hand.«

»Wenn dem so ist, Sir, was tun Sie dann?«

»Das weiß ich nicht.«

Damit war das Gespräch beendet, und Shao konnte nicht behaupten, dass sie sich wohler fühlte. Vielmehr kam sie sich vor, als wären ihre Beine mit Blei gefüllt.

Sie ließ sich in einen Sessel fallen und starrte mit kreidebleichem Gesicht ins Leere ...

Ich lag auf meinem Bett, auf meiner Pritsche, wo auch immer, und war weiterhin von diesem verdammten Grau umgeben, das einfach keinen klaren Blick zuließ.

Die Zeit schwamm dahin.

Sekunden, Minuten, vielleicht auch Stunden. Ich wusste es nicht mehr, denn mir war das Gefühl für Zeit verloren gegangen. Manchmal kam ich mir wie auf einem Luftkissen liegend vor, dann wiederum war die Unterlage plötzlich zu einem harten Brett geworden, das gegen meinen Rücken scheuerte.

Dabei durfte ich mich darüber nicht einmal beschweren. Es gibt genügend kranke Menschen, die tage- oder wochenlang in einem Bett liegen und sich nicht bewegen dürfen.

Ich spürte den Druck am Kopf. Zweimal an der rechten und zweimal an der linken Seite. Es war etwas, an das ich mich nicht gewöhnen konnte und wollte, aber diese Verkabelung musste einen Sinn haben. Man machte das nicht grundlos. Man hatte etwas mit mir vor, und ich war mit diesem Gegenstand verkabelt worden.

Da ich den Kopf bewegen konnte, drehte ich ihn auch nach rechts. So sehr ich mich auch anstrengte, ich bekam immer das Gleiche zu sehen. Kein neues Detail, nur eben diese hochkant und leicht schräg hingestellte und gekippte Kiste, die schon durchsichtig war, in der sich auch etwas befand, das ich jedoch nicht sehen konnte. Den Verlauf der Kontakte konnte ich noch verfolgen, aber ich sah nicht genau, wo sie angeschlossen worden waren. Ihre anderen Enden zerflossen praktisch in der grauen Finsternis.

Wie lange würde es dauern? Wie lange hielt man die Spannung und auch die Qual in mir aufrecht? Ich hatte keine Ahnung. Ich wusste überhaupt nicht, was man mit mir vorhatte. Als Erinnerung an den Überfall blieben noch die Schmerzen in meinem Kopf, auch wenn sie jetzt leicht zurückgegangen waren.

Irgendwie musste ich mich beschäftigen. Da ich so gut wie nichts sehen konnte, konzentrierte ich mich mehr auf die Gerüche in meiner Umgebung.

Die Luft war kühl. Das kam mir schon entgegen. Und ich hatte den Eindruck, dass es irgendwie antiseptisch roch. Praktisch wie in einer Klinik.

Das musste es sein!

Wo konnte man einen Menschen besser verstecken als in einer Klinik. Verschwunden hinter dicken Mauern, ohne dass je ein Mensch davon erfuhr.

Schon einmal war mir dieser Vergleich gekommen. Durch den Geruch aber kehrte er doppelt so stark zurück.

Und dann musste ich mich noch um meine menschlichen Bedürfnisse kümmern. Hunger, Durst, der Gang zur Toilette, all das würde kommen. Was tat man dann mit mir?

Letztes konnte ich noch aus- und anhalten, auch der Hunger war nicht schlimm. Mit dem Durst verhielt es sich anders. Ich hätte einiges für ein Glas Wasser gegeben, doch es war niemand da, der es mir brachte, und ich selbst kam nicht hoch.

Die verdammten Fesseln hielten mich. Ich hatte versucht, sie zu lockern, es war vergebens gewesen. Sie saßen einfach zu stramm.

Es war auch still geblieben.

Der Gegenstand war nicht weit von mir entfernt. Wir bildeten durch die Vernetzung praktisch ein Paar, aber keiner ging auf den anderen ein. Ich wurde nicht kontaktiert und unternahm den Versuch ebenfalls nicht.

Die vier Sondenenden klebten an meinem Kopf. Gewöhnt hatte ich mich daran nicht, und ich wusste auch, dass sie mir nicht grundlos angelegt worden waren. Man hatte etwas mit mir vor, und ich war das Versuchskaninchen.

Wozu? Was wollten meine Gegner mit mir anstellen? Wollten sie mir Elektroschocks versetzen? Wollten sie mich foltern, quälen und letztendlich umbringen? Warum gerade ich? Warum nicht ein anderer der zahlreichen Bewohner Londons?

Dahinter steckten ein Motiv und ein Plan. Beides war perfekt ausgeklügelt worden, und die beiden Kidnapper hatten mich an die typischen Killer und Verbrecher erinnert, die für einen großen Boss im Hintergrund arbeiteten.

Einer, der auch einen Namen hatte und mir möglicherweise bekannt war, obwohl ich mir jetzt keine Vorstellungen von ihm machen konnte. Ob die Mafia und damit die Nachfolger eines gewissen Logan Costello dahinter steckten, das war alles möglich, doch letztendlich fehlten mir die konkreten Beweise.

Je mehr Zeit verstrich, umso ungeduldiger wurde ich. Ich musste die Bewegungen der Hände und Füße wiederaufnehmen, um nicht einzurosten. Das Blut sollte sich nicht noch stärker stauen. Es hatte mir schon genug Probleme bereitet. Manche Stellen am Körper fühlten sich an wie aufgedunsen.

Plötzlich passierte etwas.

Aber wieder das Gleiche. Schritte vor der Tür, die stoppten. Einen Moment später wurde die Tür geöffnet. Dahinter sah ich das Licht. Es hatte den fahlen Schein eines blassen Vollmonds und kam mir zudem künstlich vor. Was mich wieder auf den Gedanken brachte, dass man mich in einem Keller versteckt hatte.

Ich hörte eine Stimme und erkannte die des Falco. Er sprach mit seinem Kumpan und sagte: »Dass es so leicht sein würde, hätte ich mir nicht vorgestellt.«

»Sie sind eben keine Supermänner.«

»Stimmt, Eagle!«

Die Tür wurde weiter aufgestoßen, ohne dass ich die Chance erhielt, mehr zu sehen. Zwei Männer, die ich kannte, betraten den Raum, und sie hatten jemand zwischen sich. Das heißt, sie trugen die Person. Einer hatte sie an den Schultern gepackt, der andere hielt die Füße fest. So betraten sie den Raum, und obwohl ich den Kopf so weit wie möglich reckte, konnte ich leider nicht sehen, wen dieser Eagle und sein Kumpan Falco da brachten.

»Wir sind eben die besseren«, sagte Falco.

»Ha, das waren wir doch immer. Erinnerst du dich noch? Damals in Dublin, als wir die Schule . . .«

»Halt die Schnauze. Eagle.«

»Ja, schon gut.«

Ich wusste jetzt etwas mehr. Die beiden waren wohl Iren, die den Rebellen und Terroristen angehört hatten. Das brachte mich auch nicht weiter, denn damit hatte ich wenig zu tun gehabt.

Sie trugen den Körper in den großen Raum hinein und legten ihn irgendwo ab. Anhand der Geräusche bekam ich mit, dass er ebenfalls auf einem Bett seinen Platz fand. Die Matratze dort bewegte sich. Dabei erklangen die dafür typischen Geräusche.

»Der wird wieder wach«, sagte Eagle.

»Verdammt, dann beeile dich mit den Bändern.«

»Ist ja schon gut.«

Die Männer verstummten. Sie brachten das in Ordnung, was sie sich vorgenommen hatten und ließen den neuen Gefangenen dann liegen, wo er festgeschnallt worden war.

Ich sagte nichts. Ich beobachtete nur so gut wie möglich. Jetzt tauchten die Umrisse der beiden wieder auf. Zwischen dem neuen Leidensgenossen und mir stand noch dieser komische Sarg, so dass ich den anderen nicht sehen konnte.

Falco kam auf mich zu. Er blieb neben meinem Bett stehen. Jetzt sah ich sogar, dass er grinste.

»Na, wie geht es, Sinclair?«

»Danke der Nachfrage. Aber ich habe schon schlechter gelegen.«

»Wie schön. Sonst keine Wünsche?«

»Doch, das schon. Wasser und eine Toilette.«

Falco lachte glucksend. »Wasser kannst du kriegen. Beim Pinkeln kann ich dir nicht helfen, denn eine Windel bekommst du nicht. Er lachte sich fast krank über seinen Witz und gab seinem Kumpan den Auftrag, mir ein Glas zu holen. »Wir sind schließlich keine Unmenschen, Sinclair.«

»Das habe ich von euch auch nicht gedacht.«

Die Antwort gefiel ihm nicht. »Verarschen kann ich mich allein. Noch ein dummes Wort, und ich kippe dir das Wasser in die Fresse. Da kannst du es tropfenweise ablecken.«

»Ja, schon gut.«

Eagle kam mit dem gefüllten Glas. Da ich meine Hände nicht bewegen konnte, musste man mir das Gefäß an die Lippen setzen, nachdem ich den Kopf etwas angehoben hatte.

Falco war mir beim Trinken behilflich. Das Wasser schmeckte nach Leitung, doch das war mir egal. Die Flüssigkeit tat meiner ausgedörrten Kehle gut. Ich leerte das Glas wirklich bis auf den letzten Tropfen, und jetzt ging es mir besser.

Falco war ein wenig zurückgewichen. »So dann lassen wir dich wieder alleine, Sinclair.«

»Einen Moment noch, bitte.«

»Was ist denn?«

Ich holte auch den letzten Tropfen von meiner Oberlippe und sagte dann: »Was wird hier gespielt? Warum hat man mich verkabelt und mit einem Gegenstand verbunden, den ich nicht erkennen kann? Welchen Sinn soll das haben?«

»Wir haben nicht nur dich verkabelt, sondern den anderen auch, Mr. Sinclair.«

»Das verstehe ich auch. Aber warum tut man das?«

Falco ruckte an seiner Hose herum und zog sie schließlich höher. Dabei richtete er den Blick so nach unten, dass er mich anschauen konnte. »Man tut vieles, was einen Menschen weiterbringt. Verstehst du das, Bulle?«

»Nur schwerlich . . .«

Er beugte sich vor. »Die Wissenschaft ist wichtig, Sinclair, sehr wichtig sogar. Die Forschung allein bringt die Menschen weiter, das weiß auch der Professor.«

»Muss man dazu ein Professor sein?«

»In diesem Fall schon.«

»Verstehe«, murmelte ich. »Dann bin ich also auserkoren worden, um die Wissenschaft weiterzubringen. Oder sehe ich das wieder nicht richtig?«

»Nein, nein, das war schon gut.«

»Schön. Daran schließt sich automatisch die nächste Frage an. Warum gerade ich und der Mann, den ihr noch in das Zimmer gebracht habt? Was ist so besonderes an uns?«

Falco zog die Lippen in die Breite und zielte mit dem rechten Zeigefinger auf mich. »Das werde ich dir nicht sagen. Da musst du schon selbst nachdenken.«

»Ein Bulle, wie du immer sagtest?«

»Klar.«

»Für dich sind Bullen doch nichts Ungewöhnliches.«

»Warte es ab.« Falco wollte nicht mehr sprechen. Er gab seinem Kumpan Eagle ein Zeichen, und die beiden zogen sich zurück. Mit schnellen Schritten verließen sie den Raum. Die Tür schwappte wieder zu, und so kehrte die graue Dunkelheit zurück.

Es war wieder wie sonst. Ich lag hier allein und wusste nur wenig mehr. Aber die Augen waren mir durch die Erklärungen auch nicht geöffnet worden. Ja, ich war Polizist und aufgrund meines Berufes ausgesucht worden. Aber nur deshalb?

Da hatte ich so meine Zweifel. Es konnte auch etwas mit meiner Berufung zu tun haben, also mit dem Kampf gegen die Mächte der Finsternis. Daran glaubte ich eher. Dass ich Polizist war, lief quasi nebenbei ab, das andere jedoch nicht.

Zwar hatte ich dafür noch keinen Beweis erhalten, aber ich ging einfach davon aus. Aber was wollte dieser geheimnisvolle Professor von mir?

Wer war er?

Ich kannte durch meine berufliche Laufbahn einige Professoren. Gute und weniger gute, und bei meinem ersten richtigen Fall überhaupt hatte ich es mit einem Professor Orgow zu tun gehabt. Ein Satan in Menschengestalt, der durch sein Medium Lara Leichen aus den Gräbern geholt hatte.

Nun hatte man mir wieder etwas von einem Professor erzählt, der allerdings namenlos geblieben war, und das wiederum ärgerte mich. Trotz meiner nicht eben begeisternden Lage wollte ich wissen, wer die Fäden im Hintergrund zog.

Ich bezweifelte, dass es mir aus eigener Kraft gelingen würde, das herauszufinden. Vielleicht würde man mich noch aufklären.

Zunächst einmal musste ich liegen bleiben, noch immer gehalten durch die starren Bänder. Ich machte mir jetzt weniger Gedanken über mein eigenes Schicksal, sondern mehr über die Person, die nach mir gekommen war.

Wer war der zweite? Auch ein Polizist? Oder jemand, der rein willkürlich ausgesucht worden war?

Nein, das konnte ich mir schlecht vorstellen. Dieser Leidensgenosse musste ebenso wie ich einen besonderen Beruf oder einen bestimmten Rang einnehmen, der für den geheimnisvollen Professor interessant war. Der Mann im Hintergrund war jemand, der an Informationen herankommen wollte. Er war Wissenschaftler, wie mir gesagt worden war, aber auch unter dieser Berufsgruppe gab es Verbrecher. Das hatte ich nicht nur einmal erleben dürfen.

Irgendwann würde er hier erscheinen, um sich zu zeigen. Auf diesen Moment wartete ich, wobei ich hoffte, dass er sich damit nicht zu lange Zeit ließ.

Zuerst hörte ich etwas anderes. Ein sehr menschliches Geräusch unterbrach die Stille. Mein Leidensgenosse hatte sich gerührt. So war er mir zuvorgekommen.

Er hatte gestöhnt und danach flüsternd einen Fluch ausgesprochen.

Ich runzelte die Stirn.

Irgendetwas daran hatte mich positiv gestört. Trotz des Flüsterns war mir die Stimme irgendwie bekannt vorgekommen. Wobei mir die Phantasie durchaus einen Streich spielen konnte.

Ich wartete ab. Zumindest eine Weile. Wenn ich dann nichts hörte, wollte ich mich melden. Der andere war wach. Ich hörte, wie er sich bewegte. Und das natürlich innerhalb der Fesseln, mehr schaffte er nicht.

Ich wartete.

Sagte er noch etwas?

Nein, nur einen Fluch, der von einem wütenden Laut begleitet wurde.

Dann ergriff ich die Initiative. »He, Partner und Leidensgenosse. Sind Sie wieder da?«

Ich erhielt keine Antwort. Dann nach einer Weile so etwas wie eine Wiederholung.

»Hast du Partner gesagt, John?«

Das war der berühmte Treffer. Der Schlag ins Kontor. Ich konnte es kaum glauben, aber ich wusste auch, dass ich mich nicht geirrt hatte. Mein Leidensgenosse war kein geringerer als mein Freund Suko ...

Schicksal, Zufall, Berechnung? Abgekartetes Spiel? Oder eine akustische Täuschung? Mir jagten so viele Möglichkeiten und Verdachtsmomente durch den Kopf, aber all dies beirrte mich nicht, und so fasste ich meine Eindrücke zu einem Ergebnis zusammen.

Das war keine Einbildung gewesen. Ich hatte die Stimme meines Freundes genau gehört. Man hatte nicht nur mich geholt, sondern auch noch Suko als Pendant. Und er war auf diese Hundesöhne ebenso reingefallen wie ich.

Ich fragte mich auch, ob ich mich darüber freuen wollte oder nicht. Im ersten Moment überwog die Freude, bis ich mich erinnerte und daran dachte, wie man Suko in den Raum hineingebracht hatte. Er war getragen worden. Von zwei Männern geschleppt, und man hatte ihn wahrscheinlich auf ein ähnliches Bett gelegt wie mich und dort festgeschnallt.

»Hat es dich umgehauen, John?« Sukos Stimme klang müde. Er litt noch unter den Nachwirkungen des Schlags.

»Nein, ich liege ja schon.«

»Dann geht es dir wie mir.«

»Super. Nur bin ich leider gefesselt.«

»Dito.«

»Auch verkabelt?«

»Wie ein Versuchskaninchen«, sagte Suko. »Da klebt etwas an verschiedenen Stellen am Kopf. Könnte es sein, dass wir als Opfer für die Wissenschaft ausersehen sind? Außerdem ist mir speiübel. Man hat mich mit einem Gift bespritzt.«

»Wo ist das passiert?«

»In der Tiefgarage. Drei Schritte vom BMW weg. Das war ein Hammer. Der erwischte mich urplötzlich, und ich konnte verdammt nichts dagegen tun.«

Für mich war es leicht vorstellbar, was Suko durchlitten hatte. Ich kannte ihn ja. Er und Sir James hatten sich Sorgen gemacht, und ich dachte plötzlich wieder an Glenda und kam sofort auf dieses Thema zu sprechen.

»Glenda ist okay, John«, meldete Suko. »Abgesehen von einer Gehirnerschütterung. Aber auch die wird sich legen, haben zumindest die Ärzte gesagt. Nach ein paar Tagen ist sie wieder auf den Beinen. Da sind wir schon mieser dran.«

»Wann hat es dich denn erwischt?«, fragte ich und war erleichtert, weil Glenda es geschafft hatte.

»Am Morgen. Ich wollte ins Büro fahren und mit Sir James über den Fall reden. Du kannst dir vorstellen, dass er sich verdammte Sorgen macht. Jetzt muss er eben auf zwei seiner Leute verzichten. Damit ist die Abteilung praktisch lahm gelegt.«

Da hatte er wohl Recht. Aber meine Gedanken drehten sich noch weiter. »Kannst du dir vorstellen, dass wir nicht die Einzigen bleiben? Ich denke, dass noch jemand folgt oder auch mehrere folgen und wir nur der Anfang sind.«

»Das wäre nicht der Sinn der Sache.«

»Für die anderen schon.«

Wir waren an einem Punkt angelangt, an dem der eine dem anderen kaum etwas sagen konnte. Außerdem ging es Suko schlechter als mir. Er hatte sich noch nicht so erholen können wie ich. Deshalb ließ ich ihn zunächst in Ruhe und hing meinen eigenen Gedanken nach.

Es war ja verdammt schlimm, verdrahtet zu sein. Nicht nur die Tatsache allein, sondern auch das, was damit zusammenhing.

Das war ja nicht grundlos geschehen, und es musste mit dem unbekannten Ding zusammenhängen, das zwischen uns stand. Ich hatte es nie richtig sehen können und wollte von Suko wissen, ob ihm das gelungen war, einen Blick darauf zu erhaschen. Deshalb sprach ich das Thema an.

»Ist dir klar, dass noch ein Gegenstand zwischen uns steht?«

»Nein. Ich war noch ziemlich von der Rolle, als man mich hier hineinschleppte. Dass ich jetzt schon wieder voll da bin, ist ein kleines Wunder. Wahrscheinlich haben die anderen gedacht, ich würde es nicht so schnell packen, aber gesehen habe ich nichts. Was ist das denn, von dem du gesprochen hast?«

»Ich weiß es auch nicht genau.« Es war schwer, die richtigen Worte zu finden. »Von der Form her erinnert es mich an eine Kiste oder an einen Sarg.«

»Mit Inhalt?«

»Klar. Denn an ihn sind wir angeschlossen.«

Suko legte eine kleine Pause ein. Plötzlich begann er zu lachen, aber es klang nicht eben lustig. »Ich stellte mir soeben vor, dass man uns mit einem Toten verbunden hat. Verkabelt an einer Leiche. Wenn das nicht mal was anderes ist . . .«

»Danke, Suko. Darauf kann ich verzichten. Sollte es trotzdem so oder ähnlich sein, dann stelle ich mir die Frage, was es für einen Sinn haben könnte.«

»Ja, das denke ich auch. Aber in das Hirn des anderen kannst du nicht hineinschauen.«

»Und wer ist der andere?«

»Der große Mister Unbekannt, John. Einer, der es alles andere als gut mit uns meint.«

»Mensch oder Dämon?«

»Keine Ahnung. Vielleicht ein Mittelding. Halb Mensch und halb Dämon. Eine Gestalt, die auch für uns neu ist.« Ich hörte ihn fluchen. Das tat Suko selten. Er hatte sich meistens gut in der Gewalt. »Wenn ich mir vorstelle, dass die andere Seite uns reingelegt hat wie zwei harmlose Kinder, dann könnte ich mich selbst irgendwo hinbeißen. Das passiert uns, zwei Profis! Schrecklich. Ich darf darüber gar nicht nachdenken.«

»Es geht mir auch so. Ist aber nicht zu ändern. Und etwas einfallen lassen können wir uns auch nicht. Wir sind beide gefesselt und demnach unbeweglich.«

»Wenn du das so sagst, dann hast du versucht, die Dinger da schon zu lockern.«

»Vergiss es. Selbst du bist nicht Herkules.«

»Leider nicht.«

»Wir müssen warten, Suko.«

Nach einer kurzen Pause sagte er: »Wie schön. Und worauf warten wir hier?«

»Man wird uns nicht ewig hier liegen lassen. Irgendwann kommen sie und holen uns. Oder erklären uns zumindest, wie unser weiteres Schicksal aussehen wird.«

»Das steht zwischen uns.«

»Kann auch sein.«

»Wir sind verdrahtet, verkabelt, John. Es gibt da einen Grund. Wahrscheinlich werden wir schon auf eine perfide Art und Weise abgehört. Will man versuchen, uns in eine Zwangslage zu bringen? Man macht uns fertig. Ich spürte doch den Druck, und wenn du dich mal für eine Weile still verhältst, wirst du noch etwas anderes merken.«

»Was?«

»Ein leichtes Vibrieren. Ich kann mir vorstellen, dass eine gewisse Energie durch diese Dinger läuft. Hier spielt man mit Strom. Das ist ein Transporter für was auch immer.«

Wenn Suko das mit dieser Überzeugung sagte, hatte er bestimmt Recht.

Ich wollte es ebenfalls erfahren und blieb liegen, ohne mich zu bewegen. Ich versuchte es mit völliger Entspannung, was nicht eben leicht war, denn zu viel schoss mir durch den Kopf. Es waren keine fremden Gedanken, die mich bedrängten. Die eigenen ließen sich so leicht nicht abstellen.

Ich gab trotzdem nicht auf. Ich schloss die Augen. Ich wollte an nichts mehr denken und konzentrierte mich auf den vierfachen Druck an den beiden Kopfseiten.

Ja, da war etwas. Sehr genau sogar. Das leichte Zittern oder Vibrieren. Wie von einem Kriechstrom hinterlassen. Das an meinem Kopf befestigte Metall musste einen Energieschub erfahren haben. Er lief zwischen dem seltsamen Gegenstand und Suko und mir hin und her.

Aber er war so schwach, dass er erst auffiel, wenn man sich auf ihn und auf nichts anderes konzentrierte.

»Was sagst du?«, fragte Suko.

»Ist schon okay. Du hast dich nicht getäuscht. Ich habe es ebenfalls gespürt.«

»Dann können wir uns ja gratulieren.«

»Wozu?«

»Versuchskaninchen, John.«

Da hatte er wohl auch Recht, aber ich eignete mich nicht dazu. Wer, verdammt noch mal, steckte dahinter? Wer zog die Fäden? Wer wollte, dass wir hier in diesem unbekannten Haus gefangen blieben und tatsächlich so etwas wie Versuchskaninchen waren?

Die Fragen frustrierten mich, weil ich keine Antworten wusste. Ich konnte nichts machen, war gefesselt und zur Untätigkeit verdammt. Man hatte uns geholt. Und diese beiden Helfer würden demjenigen vertrauen, der im Hintergrund die Fäden zog.

Aber wer war das?

Plötzlich hörten wir ein Geräusch. Es war nur ein leises Summen. Von einem Insekt stammte es bestimmt nicht. Die Richtung stand fest. Das Summen war über unseren Köpfen erklungen. Irgendetwas hing dort an der Decke fest.

Zu sehen war nichts, auch wenn ich noch so stark die Augen verdrehte. Ich hatte das Gefühl, die Dunkelheit um mich herum schwanken zu sehen. Dieses leise Brummen entwickelte sich allmählich zu einer kleinen Folter. Es durchdrang meinen Kopf. Es war so laut und trotzdem leise. Eigentlich verrückt, und die Verdrahtungen mussten es transportieren.

Plötzlich war das Licht da!

Kein Spot, aber etwas Ähnliches. Ein bleiches und sehr grelles Band, konzentriert auf eine einzige Stelle, die genau zwischen Suko und mir lag. Was ich bisher nur angenommen hatte, trat nun mit einer schon brutalen Deutlichkeit zum Vorschein.

Ich hatte den Kopf nach rechts gedreht. Suko sicherlich zur linken Seite, um alles so erkennen zu können wie ich auch.

Ein Sarg war es nicht.

Im prallen Licht malte sich jedoch ein heller und durchsichtiger Gegenstand ab, der durchaus mit einem Sarg zu vergleichen war.

Er stand hochkant und zugleich gekippt. Die Drähte, die von unseren Köpfen ausgingen, liefen tatsächlich durch kleine Lücken in diese seltsame Kiste hinein und fanden dort ein Ziel.

Trotz der Helligkeit musste ich schon sehr genau hinsehen, um es auszumachen. Wenn ich etwas in die Höhe schielte, dann verschwand das Helle im Innern, das mich ein wenig geblendet hatte. Dafür sah ich dann das Ende überdeutlich.

Es war ein Kopf!

Mit dieser Überraschung hatte ich nicht gerechnet. Nicht so, nicht mit dem Aussehen. Ich wusste nicht einmal, ob der Kopf einen richtigen Körper besaß, denn der war nicht sichtbar. Wenn es ihn gab, dann versteckte er sich unter einem hellen Labor- oder

Arztkittel, dessen runder Kragen erst unter dem Kinn endete.

Die Gestalt in dieser gläsernen Kiste lag schräg. Sie wurde von drei Metallteilen gestützt, und das Licht ergoss sich in jede Ecke und jeden Winkel.

Es war der Kopf eines Mannes. Eine Brille vor den Augen sorgte für eine bessere Sehschärfe. Das Profil konnte man als hart und männlich bezeichnen. Das Kinn sprang vor, und die Haut auf dem Gesicht war leicht gebräunt. An den Wangen und um das Kinn herum warf sie einen Schatten. Ich ging davon aus, dass er von einem Drei-Tage-Bart stammte.

Das Haar war dunkel und auch grau. Ein Mischmasch zwischen den beiden Farbtönen. Hinter dem Ohr klemmte der Bügel der Brille fest.

All das hätte mir keinen Schreck versetzt. Da gab es andere Dinge, die mich verdammt störten, denn oberhalb der dichten Augenbrauen war der Schädel vernetzt.

Dort endeten die Leitungen, die auch an meinem Kopf befestigt worden waren. Ob es sich dabei um Dioden oder Stecker handelte, konnte ich nicht feststellen. Sie waren jedenfalls so befestigt, dass sie so bald nicht aus dem Schädel herausrutschen konnten. Ich ging davon aus, dass sie in die Haut hineingepresst waren, um mit der Gehirnmasse des anderen Kontakt zu halten.

Es war einfach verrückt, wenn ich mir vorstellte, mit diesem Kopf verkabelt zu sein, bei dem das Haar so dünn geschnitten war, dass es mehr wie ein Schatten wirkte.

Beim zweiten Blick sah ich noch mehr.

Im Kopf des Mannes steckten noch weitere Kontakte, von denen Drähte abliefen, einen Bogen schlugen und dann nach unten wiesen. Sie waren wie

Spinnweben und endeten in einem Gerät, zu dem auch ein kleiner Bildschirm gehörte.

Das also war der verdrahtete Mensch!

Der Albtraum vieler Personen. Das Grauen all derer, die immer vor dem künstlichen Menschen und vor einer totalen Verdrahtung und Vernetzung gewarnt hatten.

Den ersten Schock hatte ich überwunden, aber ich merkte, wie es kalt über meinen Rücken kroch. Die Gänsehaut erfasste den gesamten Körper, und dann spürte ich auch auf dem Gesicht den Schauer.

Ich glaubte nicht mehr daran, dass Suko und ich in die Hände irgendwelcher Dämonen geraten waren. Der Vergleich mit einem teuflischen Wissenschaftler kam mir in den Sinn. Und hatte dieser Falco nicht von einem Professor gesprochen?

Natürlich. Wenn ich mir den Kopf so anschaute, dann musste das dieser Professor sein oder zumindest zu ihm gehören.

Zum ihm gehören!

Bei diesem Gedanken bekam ich eine trockene Kehle. Das konnte auch bedeuten, dass es den Körper, der eigentlich zu einem Menschen gehörte, nicht gab.

Also nur der Kopf?

Ich änderte meine Blickrichtung und schaute an dem Kittel entlang, unter dem ich noch den Körper vermutete. Da gab es nichts weiter zu sehen. Nur der Stoff war vorhanden, der recht verknittert aussah und Falten warf. Ich sah auch keine Hand aus dem Kittelärmel schauen. Das gleiche galt für den Fuß. Wenn ein Körper vorhanden war, dann vielleicht eine künstliche Konstruktion. So etwas wie ein Gestänge, das vorhanden war, damit der Stoff nicht zusammenfiel.

Nur der Kopf!

Ein Kopf, der denken und schlussfolgern konnte.

Bei dem alle Funktionen stimmten, die eben den Menschen ausmachten, denn der Kopf mit dem Gehirn war das wichtigste bei einem Menschen. Ich hatte mal einen Artikel gelesen, in dem ein Mann behauptet hatte, dass das Gehirn der Aufbewahrungsort für die Seele war. Dem wollte ich nicht unbedingt zustimmen, konnte es jedoch auch nicht ausschließen.

Ich wusste, dass Versuche gestartet wurden. Die Neurochirurgie stand erst am Anfang, und sie war ebenso interessant und noch rätselhaft wie die Gentechnik.

»John ...« Ich hörte die Stimme meines Freundes, die angespannt klang.

»Keine Sorge, ich bin noch da.«

»Ja, wie der Kopf.«

»Wie siehst du ihn?«

»Wieso? Es ist ein Kopf.«

»Das weiß ich auch. Aber ich bezweifle, dass zu ihm auch ein Körper gehört – oder?«

Ich stöhnte leise auf. Da hatte Suko den gleichen Gedanken gehabt wie ich. »Du hast Recht«, erwiderte ich leise. »Der Körper fehlt mir auch irgendwie. Ich glaube auch nicht, dass er sich unter dem Kittel versteckt hält. Dann würde der Stoff anders fallen.«

»Demnach haben wir es nur mit dem Schädel zu tun.«

»Davon gehe ich jetzt aus.«

Ich hörte ihn leise lachen. »So komisch es sich in dieser Lage auch anhört, aber ich habe mir schon den Kopf darüber zerbrochen, ob er mir nicht bekannt vorkommt. Ich weiß es nicht. Was ist mit dir? Kennst du dich aus?«

»Nein, der ist mir unbekannt.«

»Wir haben also noch nie etwas mit ihm zu tun gehabt?«

»Ich glaube nicht, Suko. Aber mir ist bekannt, wie er genannt wird. Der Kopf hat einen Namen. Ob der Körper nun dabei ist oder nicht. Die beiden Typen sprachen immer von einem Professor. Ob mit oder ohne Körper, das muss er einfach sein.«

»Sehr schön. Und er wird am Leben erhalten durch den komplizierten Apparat dort unten auf dem Boden.«

»Durchaus möglich.«

»Jetzt sag mir nur noch, weshalb wir verkabelt sind. Ich kann es mir denken, aber ich will es von dir wissen. Ein siamesischer Zwilling, dessen Existenz von der Technik abhängt, möchte ich nicht sein. Denk mal an einen Stromausfall . . .«

Trotz der bedrückenden Lage musste ich lächeln. Es war gut, dass Suko seinen Humor behalten hatte. »So sehe ich das nicht. Er hat etwas anderes vor.«

»Sehr schön. Will er den Kontakt?«

»Den hat er leider schon.«

»Und wie sieht der nächste Schritt aus?«

Suko hatte eine gute und auch schwierige Frage gestellt, die ich ihm leider nicht beantworten konnte. Keiner von uns kannte die Pläne dieses Professors. Dass wir allerdings schon mit ihm in Verbindung standen, war zu sehen, denn auf einmal zuckten die Lippen des Kopfes. Es sah so aus, als würde der Mann anfangen zu lächeln. Für eine Weile blieb das bestehen. Sicherlich sah Suko die ersten Bewegungen so wie ich und hielt ebenfalls den Atem an.

Das Lächeln verschwand.

Sehr langsam öffnete sich der Mund, und dann hörten wir die Stimme des Kopfes.

»Willkommen in der neuen Welt, meine Herren. Ich kann auch sagen: Willkommen in der Zukunft . . .«

Es waren wohl die Worte, auf die wir irgendwie gewartet hatten. Trotzdem machten sie uns nicht glücklich. Sie waren wie ein Hammerschlag, und als ich den ersten Schock überwunden hatte, da kroch die Furcht in mir hoch. Da fürchtete ich mich tatsächlich vor meinen eigenen Gedanken, wenn ich daran dachte, was die Wissenschaft noch alles als Zukunft bezeichnete.

Ein spöttisches Lachen klang auf. Wir hörten alles, obwohl die Kiste geschlossen aussah. Irgendwie musste es Lücken geben, um der Akustik freien Lauf zu lassen.

»Haben Sie Ihre Überraschung verdaut, meine Herren?«

»Fast«, gab ich zu.

»Es ist auch menschlich. Und mit Menschen habe ich mich schon immer beschäftigt.«

»Kann ich mir vorstellen«, flüsterte ich. »Da Sie uns kennen, Mister, darf ich dann vielleicht fragen, mit wem wir beide es zu tun haben? Wer sind Sie?«

»Ich war Professor Wilson.«

Mehr sagte er zunächst nicht. Er gab uns Zeit, über seinen Namen nachzudenken.

»Tut mir leid, aber den kennen wir nicht.« Ich sprach für Suko gleich mit.

»Das macht nichts. Viele kennen mich nicht. Ich bin jemand, der mehr in Fachkreisen bekannt war, bis ich mich zurückzog, weil ich die anderen Kollegen von meinen faszinierenden und auch zukunftsweisenden Ideen nicht überzeugen konnte.«

»Die mit Köpfen zu tun hatten, nehme ich an. Oder mit Kopftransplantationen. Nicht wahr?«

»J ... ein ...«

»Das ist abscheulich!«, rief ich ihm zu. Man kann Herzen, man kann Nieren und was weiß ich alles verpflanzen, aber Köpfe ...«

»Sie haben Recht, Sinclair. Es ist in der Tat abscheulich. Und deshalb hasse ich den Begriff auch. Ich spreche lieber von einer Ganzkörper-Transplantation. Das akzeptieren die Menschen mehr.«

»Ganzkörper? Ohne Körper?«

»Ja. Eben weil es um den Kopf geht. Um das Gehirn. Es ist das wichtigste Organ beim Menschen. Den Körper können Sie vergessen. Wenn das Gehirn nicht funktioniert, ist alles andere zweitrangig. Ich will Ihnen ein Beispiel geben, wie perfekt das Gehirn sein kann. Denken Sie nur an Stephen Hawking, den berühmten Physiker. Er ist letztendlich ein Gehirn an einer Art von Computer. Für ihn wäre das, was ich getan habe, ebenfalls passend.«

Mich schauderte, aber ich fragte weiter. »Was haben Sie denn getan, Professor Wilson?«

Lachend erwiderte er: »Ich habe meinen Körper einfach abgegeben und den Kopf verdrahtet. Ich lebe. Sie können nicht behaupten, dass ich nicht mehr am Leben bin. Ich habe mich von meinem Körper getrennt, und es ist recht einfach, wenn ich meinen Kopf auf einen fremden Körper transplantiere. Wenn sie den Kopf vom alten Körper getrennt haben, brauchen sie nur zwei Metallplatten, die aufeinander gesetzt und mit Schrauben befestigt werden. Das ist überspitzt einfach gesagt das Prinzip der Transplantation. Ich will Sie auch nicht mit medizinischen Details langweilen, zu denen das Skalpell gehört, mit dem ich Muskeln, Blutgefäße und Nervenstränge durchtrenne.«

»Ist das wirklich so einfach?«

»Natürlich nicht. Es gibt noch den sehr schwierigen Teil der Arbeit. Da geht es dann um den Blutkreislauf, den sie von Körper A an den Kopf von B anschließen müssen. Das ist schon bei Affen durchgeführt worden, und der nächste Schritt bis zum Menschen ist nicht weit.«

»Klar, wie man bei Ihnen sieht«, sagte ich.

»Eben. Ich bin der Erste überhaupt. Man hat mir nie glauben wollen, aber ich habe es geschafft. Ich bin Professor Wilson. Ich lebe. Ich bin ein Kopf, aber ich fühle auch weiterhin wie ein völlig intakter Mensch. Ich kann gehen, ich kann springen, ich kann laufen, ich kann mich wunderbar bewegen, und das alles spielt sich in meinem Kopf ab, der bereit ist für die erste Transplantation auf einen fremden Körper. Auf einen jüngeren, zum Beispiel. Da wird sich dann die gesamte Körperchemie verändern, er wird sich wieder super fühlen, das verspreche ich Ihnen, Mr. Sinclair.« Er hüstelte. »Ich sehe die Zukunft schon vor mir. Es wird kaum noch Menschen geben, die sich quälen müssen. So kann man den Krebs umgehen, man lässt den Körper verfaulen, behält aber das Gehirn. Es ist wirklich vorzüglich.«

»Sie hätten besser einen anderen Namen angenommen«, sagte ich und schauderte dabei.

»Welchen?«

»Frankenstein.«

»Sehr gut, Mr. Sinclair. Ich muss zugeben, dass mich diese Geschichte wahnsinnig fasziniert hat. Für mich war Frankenstein so etwas wie ein Vorbild. Ohne mich irgendwie über ihn erheben zu wollen, ich bin jetzt schon besser. Kein Wunder, die Wissenschaft hat auch rasante Fortschritte gemacht.«

Da konnte ich ihm nicht widersprechen. Das war nun mal so.

Ich stellte ihm noch eine andere Frage, während sich Suko zurückhielt und nur zuhörte. »Können Sie mir sagen, wo sich Ihr Körper jetzt befindet? Oder was mit ihm passiert ist?«

Das Lachen klang wie ein Bellen. Zuckend bewegte sich dabei sein Mund. »Nein, das kann ich nicht, Mr. Sinclair. Mein Körper taugte nichts mehr. Er war alt, verbraucht. Ich werde bald einen neuen besitzen, und ich weiß auch nicht, was mit ihm geschehen ist. Vielleicht ist er verbrannt oder vermodert, alles kann möglich sein. Das Wichtigste überhaupt ist vorhanden, mein Kopf nämlich. Daran sollten Sie denken, das sehen Sie auch vor sich, und dieser Kopf und dieses Gehirn weiß noch zu wenig von dieser Welt. Aber es ist wahnsinnig wissbegierig, verstehen Sie?«

»Nicht so direkt, Professor.«

»Dann will ich es Ihnen sagen. Es muss Sie auch interessieren. Ich will nicht nur diese normale Welt erfahren und dann ihre Geheimnisse ergründen, nein, bei mir geht es noch weiter. Ich will tiefer in die Dinge hineindringen, ich will die metaphysischen begreifen. Ich will erfahren, was es auf dieser Welt noch alles gibt, obwohl es unseren Augen verborgen bleibt. Und deshalb habe ich Sie ausgesucht. Und auch Ihren Freund und Kollegen.«

Sehr wohl war mir bei meiner Antwort nicht, als ich sagte: »Ich denke, da irren Sie sich. So schlau und allwissend sind wir nicht, Professor. Es gibt schon ...«

»Nein, nein, Mr. Sinclair. Stellen Sie Ihr Licht bitte nicht unter den Scheffel. Das steht Ihnen nicht. Ich weiß schon, dass Sie mich überreden wollen, nichts zu tun. Aber das werden Sie nicht schaffen, Mr. Sinclair. Ich habe mir nicht grundlos die Mühe gemacht, Sie und Ihren Freund auszusuchen. Ich habe Sie beide lange genug beobachten lassen, was nicht immer einfach war, aber jetzt bin ich fast am Ziel.«

Suko meldete sich mit einer Frage. »Und wie sieht das richtige Ziel letztendlich aus?«

»Oh, das ist sehr einfach. Ich komme noch einmal darauf zurück, dass Sie beide ja etwas Besonderes sind. Sie kennen sich aus. Sie glauben gar nicht, wie viele Informationen Ihr Gehirn im Laufe der Zeit gespeichert hat. Wir sind miteinander verkabelt. Das ist die Basis. So kann es mir gelingen, all die Informationen abzurufen, die sich in Ihrem Unterbewusstsein befinden. Sie können sich nicht dagegen wehren. Sie werden für mich wunderbare Lehrer sein, und ich erfahre einiges über Reiche und Mythen, die für die allermeisten Menschen ein Rätsel sind und es auch immer bleiben werden. So werde ich Erfahrungen über die – sagen wir – Hölle bekommen. Ich kann eindringen in die unsichtbaren Reiche und Dimensionen, und ich werde es schaffen, den Kontakt zu erweitern. Ich werde mich einfach mit ihnen verbünden, denn im Gegensatz zu Ihnen stehe ich den Dingen positiv gegenüber. Ich lerne etwas über Vampire, Werwölfe, Zombies, Hexen und was weiß ich nicht alles. Und ich werde dabei mein wissenschaftliches Denken nicht aufgeben, da ich als Optimist eine glänzende Zukunft voraussehe. Überlegen Sie, Suko, was geschieht, wenn ich die Köpfe eines Werwolfs auf den Körper einer Hexe oder eines Zombies transplantiere. Sind das nicht Aussichten, für die es sich lohnt, alles einzusetzen?«

Die letzte, mit einer Frage abgeschlossene Bemerkung kam mir wie der reinste Hohn vor, und Suko erging es sicherlich nicht anders. Was wir da erfahren hatten, war einfach pervers. Das war grauenvoll und schlimm, so dass es mir zunächst einmal die Sprache verschlagen hatte, im Gegensatz zu Suko.

»Haben Sie schon mal die Begriffe Ethik und Moral gehört?«, erkundigte er sich.

»Ich bitte Sie, Inspektor. Wie können Sie das nur behaupten? Sicherlich habe ich mich damit beschäftigt, und ich muss Ihnen eingestehen, dass ich jemand bin, der beide Begriffe sehr hoch hält. Ethik und Moral sind ungemein wichtig. Ich liebe sie, denn ich bin es ja, der den Menschen einen Gefallen erweist. Ich helfe ihnen. Ich nehme ihnen den Körper weg, den sie selbst hassen, behalte nur ihren Kopf und gebe ihnen dann einen neuen Körper, mit dem sie mehr als zufrieden sein können. Es wird noch etwas dauern, bis alles perfekt ist, das gebe ich zu, aber die Zeit ist reif. Ich denke, dass ich in einem Jahr so weit bin, und Sie beide werden mich noch mit dem Wissen versorgen, das mir bisher fehlte. Deshalb sind wir auch vernetzt. Mein Hirn ist noch sehr aufnahmefähig.«

»Ein verdammtes Horror-Hirn!«, flüsterte ich.

Er hatte mich trotzdem gehört, lachte und fragte dann mit höhnischer Stimme. »Was sind Sie so sensibel, Mr. Sinclair? Sie sind immerhin ein Geisterjäger.«

»Das weiß ich, Professor. Aber in erster Linie bin ich ein Mensch, was ich von Ihnen nicht behaupten kann, Mr. Wilson.«

»Hm.« Er nahm es locker. »Da haben Sie sogar Recht, wenn Sie Ihre Denkweise als Basis nehmen. Obwohl ich nur noch meinen Kopf habe, fühle ich mich als Mensch. Und es geht mir sehr gut, wie Sie sicherlich schon festgestellt haben. Aber es wird mir noch besser gehen, das verspreche ich Ihnen. Zwei Drittel meines Planes habe ich mittlerweile durchführen können. Es fehlt nur noch der letzte Teil.«

»Handelt es sich dabei auch um eine Person?«, erkundigte sich Suko.

»Korrekt.«

»Kennen wir sie?«

Der Kopf begann plötzlich zu lachen. Den Grund

erfuhren wir wenige Sekunden später. »Die Person ist Ihnen sogar sehr gut bekannt. Sie haben des Öfteren mit ihr zusammengearbeitet. Nein, das ist falsch«, verbesserte er sich. »Sie arbeiten immer noch sehr intensiv mit ihr zusammen ...«

Er rückte den Namen nicht heraus und überließ uns unseren Gedanken. Eigentlich war es ganz einfach. Es gibt nicht viele Menschen, mit denen wir intensiv zusammenarbeiten.

Ich dachte an Glenda Perkins ...

Nein, das stimmte nicht, dann hätten die beiden Männer sie nicht niedergeschlagen, sondern mitgenommen.

Suko traf es auf den Punkt. »Sprechen Sie von Sir James Powell, Professor?«

»Ha, ha, ha. Sehr gut, Inspektor. Ja, ich spreche von ihm. Von Ihrem Chef.«

Die Überraschungen oder Schocks hörten nicht auf. Er hatte uns erklärt, welche Pläne er mit uns verfolgte, aber Sir James passte irgendwie nicht in das Bild hinein. Er war nicht derjenige, der an der Front stand und die Informationen aus erster Hand erhielt. Wie sollte der ihn weiterbringen?

»Ich höre nichts«, höhnte der Professor. »Denken Sie etwa nach?«

»Das tun wir«, sagte Suko.

»Und Sie sind zu keinem Ergebnis gelangt. Sonst hätte ich schon etwas von Ihnen gehört.«

»So ist es.«

Der Kopf lachte wieder. In den Brillengläsern spielte sich das Licht und schuf dort Reflexe. »Ich kann begreifen, dass Sie überrascht sind, meine Herren, aber denken Sie mal nach. Überlegen Sie, welch ein Wissen Ihr Chef letztendlich besitzt und ebenfalls in seinem Unterbewusstsein gespeichert hat. Das ist schon kaum zu fassen. Das ist der reine Wahnsinn, muss ich gestehen. Durch ihn werde ich über die Arbeit von Scotland Yard alles erfahren. Ich weiß dann gut Bescheid. Ich bin den anderen immer zwei, drei Schritte voraus.«

Er legte eine Pause ein, um uns Zeit zum Nachdenken zu lassen. Ich ging davon aus, dass er nicht gelogen hatte. Was er vorhatte, das war eine Lahmlegung unserer gesamten Abteilung. So etwas musste man sich mal vorstellen. Verrückt, eigentlich nicht zu fassen, und trotzdem eine Zukunft, die durchaus Realität werden konnte.

»Na, meine Herren, ist die Überraschung gelungen?«

»Kann man wohl sagen«, gab ich zu.

»Und wann wird unser Chef hier erscheinen?«, fragte Suko, der schon praktischer dachte.

»Ich glaube nicht, dass es noch sehr lange dauern wird. Noch an diesem Tag. Ich kann auch verstehen, dass Sie von einer gewissen Langeweile erfasst werden, deshalb wäre es von Vorteil, wenn wir da für Abhilfe sorgen.«

Die locker gesprochenen Worte ließen das Schlimmste befürchten. Sehr vorsichtig erkundigte ich mich, wie das denn technisch ablaufen würde.

»Es ist leicht, Mr. Sinclair. Wir sind doch miteinander vernetzt. Das ist wichtig. Sie werden erleben, wie ich es schaffe, die Informationen und das Wissen aus Ihren Köpfen zu saugen. Ich denke nicht, dass Sie es schaffen, sich zu wehren. Ich spreche da von einem einseitigen Austausch, aber Sie wissen selbst, dass es die absolute Gerechtigkeit auf dieser Welt nicht gibt. Es werden immer Schwache und Starke da sein. Bisher haben Sie zu den Starken gehört. Jetzt ist es mal umgekehrt.«

Das hörte sich verdammt schlimm an. Mir wäre lieber gewesen, mit bloßen Fäusten gegen irgendwelche Werwölfe anzugehen, als mich in einen derartigen Zustand zu begeben.

»Ich möchte Sie noch etwas fragen, Professor«, sagte ich.

»Bitte sehr. Tun Sie sich keinen Zwang an. Noch stehen wir nicht unter Stress.«

»Was passiert mit uns, wenn Sie alle Informationen haben?«

»Ha, ha. Dann ist der Austausch beendet. Und Sie beide werden zwar noch so aussehen wie jetzt, aber Sie werden nicht mehr die gleichen Menschen sein.«

»Warum nicht?«

»Ganz einfach, Mr. Sinclair. Ihr Gehirn und das Ihres Freundes werden leer sein. Ich habe Ihnen dann die Erinnerungen und das Erinnern genommen. Sie werden als Menschen noch existieren, aber das ist auch alles. Obwohl sich Ihr Aussehen nicht verändern wird, werden Sie nichts mehr mitbekommen, weil Ihr Gehirn leer ist. Ich kann auch sagen, dass ich Ihnen die Seelen geraubt habe ...«

Etwas Ähnliches hatte ich geahnt. Ich spürte den kalten Schweiß und die kalte Furcht, die in meinen Körper hineinkroch ...

Shao riss die Tür auf, sah Jane Collins vor sich und war erleichtert. »Endlich bist du da!«

Die Detektivin war ein wenig irritiert. »Sorry, aber ich habe getan, was ich konnte. Ich bin so schnell gekommen wie möglich. Wo brennt es denn?«

»Komm erst mal rein.«

»Gut.« Jane schlüpfte aus der rostfarbenen Lederjacke und hängte sie an den Haken. Sie trug jetzt nur ihre schwarze Hose und den beigefarbenen Pullover. Im Wohnzimmer stand der Tee schon bereit. In einer Schale lagen mehrere Kekse. Shao goss die aromatische Flüssigkeit in die Tassen, nahm Jane gegenüber Platz und schaute sie für einen Moment an, wobei sie verkrampft lächelte.

»Trink erst mal.«

»Mach ich gern.« Jane sah, dass sich Shao wieder beruhigt hatte, aber noch nicht so war, wie sie die Chinesin kannte, denn die Hände bewegten sich unruhig über den Tisch.

»Warum hast du mich kommen lassen? Was gibt es? Das war ja ein Brandanruf.«

»Richtig. Der Vergleich stimmt.«

»Und wo brennt es?«

»Bei John und auch bei Suko.«

Jane sagte zunächst einmal nichts und krauste nur die Stirn. »Sorry, im Augenblick verstehe ich nur Bahnhof.«

»Das wird sich ändern. Hör zu.«

»Gern.«

Das Lächeln auf den Lippen der blondhaarigen Detektivin zerbröselte immer mehr, je länger sie zuhörte, denn Shao ließ nichts aus und offerierte ihr das gesamte Wissen.

Als sie schließlich ihren Bericht beendet hatte, schüttelte Jane nur den Kopf und flüsterte. »Das ist ja grauenhaft. Stimmt das denn alles?«

»Darauf leiste ich einen Eid.«

»Klar, ich glaube dir.« Sie schüttelte den Kopf und schaute in die Teetasse. »Und was machen wir jetzt? Hast du dir etwas in einer bestimmten Richtung vorgestellt?«

»Nein, ich weiß es nicht. Aber ich habe dich kommen lassen, Jane. Vielleicht finden wir gemeinsam eine Lösung. Außerdem hasse ich es, allein hier in der Wohnung zu sitzen und einfach nur vor mich hin zu grübeln.«

»Das kann ich verstehen, Shao. Aber hast du dir nicht die falsche Person ausgesucht? Ich weiß noch weniger als du. Oder ebenso viel. Was kann ich tun? Es ist schlimm genug, dass John und Suko verschwunden sind, aber ich weiß nicht . . .«

»Wir müssen sie finden, Jane! Und zwar so schnell wie möglich.«

»Okay, das ist klar. Aber wie?« Jane schaute die Chinesin forschend an. »Hast du einen Hinweis? Eine winzige Spur? Willst du Glenda befragen? Oder was hast du vor?«

»Ich habe keine Ahnung.«

»Und davon viel – wie?«

Shao mochte den Spott nicht. »Hör auf, Jane. Das ist alles wirklich schlimm genug.«

»Aber die beiden sind doch zusammen, Shao.«

»Na und?«

Jane verengte vor dem letzten Satz ihre Augen. »Wenn sie zu zweit sind, dann bilden sie auch eine Macht, die so leicht durch nichts erschüttert werden kann.«

»Sorry, Jane, aber daran kann ich nicht mehr glauben. Wer immer das getan hat, er hat gewusst, wie der Hase läuft. Er hat John und Suko unter Beobachtung gehalten und genau in den richtigen Momenten zugeschlagen.«

»Suko sagst du, Shao. Du bist seine Partnerin. Ist dir denn nichts aufgefallen?«

»Nein, Jane, und genau das ist das Schlimme. Mir fiel nichts auf. Suko übrigens auch nicht. Ich stehe vor einem Rätsel. Ich weiß nicht mehr weiter.«

»Kann ich verstehen«, flüsterte Jane Collins. Sie

lehnte sich zurück. Durch ihren Kopf jagten ebenfalls zahlreiche Gedanken, die sie allerdings nicht sortieren konnte. Sie wusste jedoch, dass Shao auf eine Antwort wartete, und deshalb sprach sie das aus, das sie am meisten beschäftigte. »Warum John und Suko? Warum gerade die beiden zusammen? Was will der Unbekannte damit erreichen?«

»Genau das habe ich mich auch gefragt.«

»Okay, Shao, dann spinnen wir den Faden mal weiter. Kann es sein, dass er sich mit den beiden zufrieden gibt, oder wird er weitermachen?«

»Wie meinst du das?«

»Ganz einfach. Dass John und Suko erst der Anfang sind und noch weitere Personen auf seiner oder ihrer Liste stehen.«

Shao nickte. »Dann gehst du davon aus, dass noch nicht alles vorbei ist.«

»Sehr richtig.«

»Wen könnten sie sich holen?«

Jane bewegte die Mundwinkel. »Sollen wir beide mal in den Spiegel schauen?«

»Was?«, staunte Shao. »Du meinst uns?«

»Ja, durchaus.«

»Nein, nein – oder?« Shao war durcheinander. »Was sollen die denn mit uns anstellen?«

»Warum wurden die beiden geholt?«

»Ganz einfach«, sagte Jane Collins. »Die beiden wissen mehr. Sie stehen ja immer an der Front.«

»Das stimmt.«

»Und bei uns ist das nicht der Fall. Aber wir gehören auch zu ihnen. Wir kennen uns aus . . .«

»Warum haben sie dann Glenda nicht geholt?«

»Genau das ist der Punkt, der mich bei meiner Betrachtungsweise stört.« Jane breitete die Arme aus. »Du siehst mich ratlos, Shao.«

»Wie auch ich ratlos bin.« Sie presste ihre Hand gegen die Kopf. »Es ist der reine Wahnsinn, Jane! Du glaubst gar nicht, was mir alles durch den Kopf gegangen ist. Ich habe hin und her überlegt, aber ich bin zu keinem Ergebnis gelangt. Ich kann mir nicht vorstellen, wer die beiden gekidnappt hat und was man . . .«

»Pardon, aber da gibt es zahlreiche Personen der unterschiedlichsten Art, die Suko und John lieber tot als lebendig sehen.«

»Ja, Jane, das weiß ich auch.« Shao blickte der Freundin starr in die Augen. »Aber es ist trotzdem etwas anderes, Jane. Es will mir einfach nicht in den Kopf, dass Asmodis, Dracula II oder wie sie auch alle heißen mögen, hinter der Entführung stecken. Ich rechne eher damit, dass es sich dabei um normale Gangster handelt. Um richtige Menschen, verstehst du. Denn sie haben sich auch bei der Entführung Johns zumindest so benommen. Das wissen wir von Glenda. Ich habe dir von den beiden Maskierten erzählt. Das war ein normales Auflauern. Dass die Gesichter vermummt waren, geschah bestimmt nicht zum Spaß.«

»Da gebe ich dir Recht.«

»Sir James ist ebenfalls auf meiner Linie. Es sind ja V-Leute und Spitzel unterwegs, die in der Unterwelt Augen und Ohren offen halten. Bislang ohne Erfolg.«

»Sir James also«, sagte Jane.

Shao begriff nicht so recht. »Wie meinst du das?«

»Nur so.«

Shao streckte die Hand über den Tisch. »Nein, komm, ich kenne dich. Was hast du damit andeuten wollen?«

»Das war nur ein flüchtiger Gedanke.«

»Ich höre trotzdem.«

»Also gut«, stöhnte Jane und gab sich leicht genervt. »Wir haben vorhin davon gesprochen, wer noch alles zu Johns und Sukos direkten Bekannten gehört. Dabei haben wir ihn ausgelassen. Als du ihn erwähnt hast, fiel es mir wieder ein.«

Shao schüttelte den Kopf. »Glaubst du wirklich, dass man es noch auf Sir James abgesehen hat?«

»Nein, ich glaube es nicht wirklich. Es war nur eine Idee von mir. Sie kam plötzlich. Es hätte ja sein können, wenn eben John und Suko gemeinsam aus dem Verkehr gezogen wurden. Da habe ich einfach gedacht, dass Sir James auch irgendwie zu ihnen gehört. Wenn man schon eine kleine Abteilung zerstören will, danach kann es aussehen, dann darf man ihn nicht vergessen.«

»Ja«, murmelte Shao nach einer Weile. »Du kannst Recht haben. Das ist gar nicht mal schlecht gedacht.«

Jane Collins winkte ab. »Vergiss es bitte. Es war nur so eine Idee. Da muss es einen anderen Weg geben. Ich weiß nur nicht welchen.«

Der Gedanke an Sir James ließ Shao nicht los. »Wie wäre es denn, wenn wir uns mit ihm in Verbindung setzten?«

»Das überlasse ich dir. Anrufen kannst du ja.«

»Das werde ich auch. Sir James wollte sowieso, dass wir in Verbindung bleiben. Es wundert mich, das er mich nicht angerufen hat. Wahrscheinlich gibt es keine Neuigkeiten.«

»Dann mach du es.«

Shao holte das Telefon von der Station und setzte sich wieder.

Sie war plötzlich nervös. Auf der Stirn lagen die ersten Schweißperlen.

Da Glenda Perkins im Krankenhaus lag, würde sie das Gespräch auch nicht annehmen können. Shao ging davon aus, dass sie Sir James direkt an den Apparat bekam.

Es wurde für sie ein verdammtes Warten. Der Ruf ging durch, doch niemand meldete sich.

»Nichts?«, fragte Jane.

Noch immer den Hörer ans Ohr haltend, nickte Shao und sagte dann: »Er scheint nicht in seinem Büro zu sein . . .« Und dann hob doch jemand ab, denn Shao hörte eine Männerstimme und verstand allerdings nicht, was sie sagte.

Sie war durcheinander und fand nicht die richtigen Worte.

Aber der andere hatte ›Sir James‹ verstanden.

»Pardon, Madam, wer sind Sie und was wollen Sie von Sir James Powell.«

»Mein Name ist Shao und ich . . .«

Sie wurde unterbrochen.

Er lachte. »Ja, natürlich. Sir James ist nicht anwesend. Seine Gespräche werden zu mir hin umgeleitet, und ich habe auch einige Instruktionen von ihm erhalten. Ihr Name fiel, und ich soll Ihnen bestellen, dass noch keine Spuren gefunden worden sind. Leider, hat Sir James noch hinzugefügt.«

»Tja«, erwiderte Shao und atmete dabei tief aus. »Das ist natürlich sehr schlecht.«

»Pardon, Madam«, sagte der Beamte höflich. »Ich weiß ja nicht, um was es geht. Unter Umständen kann ich Ihnen behilflich sein.«

Shao wollte schon verneinen, als sie Janes Flüstern von der anderen Tischseite hörte. »Frag ihn, wo wir Sir James finden können und wann er wieder zurückkehrt.«

Genau das tat Shao.

»Da kann ich Ihnen kaum helfen, denn es ist eine dienstliche Sache. Sir James musste zum Lunch. Es sind ausländische Gäste gekommen, da konnte er schlecht absagen.«

»Welche Gäste?«

»Aus Indien.«

»Wo findet das Lunch statt?«

Jetzt druckste der Mann herum. »Ich weiß nicht, ob ich Ihnen das so einfach sagen darf und . . .«

Ein Adrenalinstoß war durch Shaos Körper gerast. »Jetzt hören Sie mal gut zu, mein Lieber. Ich kann Ihnen versprechen, dass ich hier nicht nur zum Spaß anrufe. Es geht um verdammt wichtige Dinge, und da lasse ich mir von Ihnen keinen Stein in den Weg legen. Haben Sie das verstanden?«

»Sicher. So war es auch nicht gemeint.«

»Dann sind wir uns ja einig. Wie heißt das Restaurant, in dem ich Sir James finden kann?«

»Es sind indische Gäste. Sie sind ins Bombay gegangen.«

»Danke, das kenne ich.«

Shao unterbrach die Verbindung und drehte sich zu Jane hin, die in die Hände klatschte und Shao lobte. »Das hast du gut gemacht.«

»Manchmal überkommt es mich eben. Ich lasse mich nicht so leicht abschütteln.«

»Wie geht es weiter?«

»Wir werden mit Sir James reden.«

»Wo?«

»Im Lokal.« Shaos Augen blitzten jetzt. Sie fühlte sich wie aufgeputscht. Auf keinen Fall wollte sie Kompromisse eingehen. Zu viel war passiert, als dass sie jetzt noch die Hände in den Schoß legte. Mit einem Ruck stand sie auf. »Du hast doch deinen Wagen mit – oder?«

»Klar.«

»Dann lass uns fahren.«

Jane Collins hatte nichts dagegen. Sie wunderte sich nur, welch eine Energie Shao plötzlich entfaltete, als wäre sie davon überzeugt, die richtige Spur gefunden zu haben ...

Das Bombay lag in Soho. Es war so etwas wie ein Geheimtipp, denn wer dort hinging, um zu speisen, bekam wirklich das Beste vorgesetzt. Shao und Suko hatten einmal dort gegessen, und sie wussten auch, dass das Lokal von einem Inder geführt wurde.

Man fand es in einem der neuen Teile Sohos. Hier war renoviert und umgebaut worden. Das Lokal selbst lag in einer kleinen Anlage, zusammen mit zwei anderen Gaststätten, in denen japanisch und indonesisch gegessen werden konnte.

Man hatte nicht nur die Anlage errichtet, sondern auch für einen Parkplatz gesorgt. Er lag praktisch zwischen den drei Restaurants und war am Abend sicherlich voll besetzt, doch gegen Mittag waren noch genügend Plätze frei.

Eine breite Zufahrt führte hin. Vier Laternen gaben in der Dunkelheit Licht. Jetzt sahen sie mehr aus wie lange, grüne Gemüsestangen, die weiße, runde Köpfe aufgesetzt hatten.

Jane, die am Steuer saß, suchte nach einer Lücke, in die sie den Golf hineinfahren konnte. Der Wagen des Superintendents war zu sehen. Ein Dienstfahrzeug der Marke Rolls Royce, allerdings ein älteres Modell, das schon mehr als zehn Jahre auf dem blank gewienerten Buckel hatte. Neben dem Wagen gab es keine Lücke, so musste Jane ihren Golf schon zu einer anderen freien Parkfläche lenken, die dem Rolls schräg gegenüberlag.

Jane Collins rangierte das Fahrzeug rückwärts

hinein, damit sie später ohne Schwierigkeiten rangieren und starten konnte. Sie stellte den Motor ab und warf einen Blick zu Shao.

»So und jetzt?«

Die Chinesin nagte an der Unterlippe. »Ich weiß nicht so recht, ob wir hineingehen sollen oder nicht.«

»Warum nicht?«

Sie bewegte sich etwas unbehaglich. »Na ja, stören möchte ich das Gespräch nicht.«

»Du kannst ja einen Ober bitten, das er Sir James zum Eingang holt, wo du auf ihn wartest.«

»Ja – habe ich auch schon gedacht.«

»Aber?«

Shao zog die Nase kraus. »Ich möchte lieber noch eine Viertelstunde warten, wenn du nichts dagegen hast.«

»Nein, was sollte ich dagegen haben?«

»Keine Zeit vielleicht?«

»Hör auf. Wenn ich von allem so viel hätte wie Zeit, dann ginge es mir gut.«

»Ja, das stimmt irgendwie.« Shao zuckte mit den Schultern. »Wenn ich nur wüsste, ob wir jetzt richtig liegen mit dem, was wir tun. Ich habe meine Zweifel. Ich wäre am liebsten im Haus geblieben, falls Suko doch mal anruft.«

»Hast du kein Handy?«

»Doch.«

»Dann wird er es da versuchen.«

Die beiden Frauen schwiegen, aber sie schauten zugleich dorthin, wo der Rolls parkte. Seine Scheiben waren abgedunkelt. Es fiel ihnen nicht leicht, in den Innenraum zu schauen, und erst nach einer Weile stellten sie fest, dass sich jemand darin bewegte.

»Da wartet einer im Wagen!«, flüsterte Jane.

»Sein Fahrer.«

»Das ist was anderes.«

»Wieso? Was hast du denn gedacht?«

»Nichts weiter.«

Sie ließen die Zeit verstreichen. Das Restaurant sahen sie zwar, doch der gute Blick auf das Haus war ihnen durch Bäume verwehrt, die vor dem Lokal wuchsen und schon erste Blüten bekommen hatten. Dass sich eine Hintertür oder eine Seitentür geöffnet hatte, war ihnen entgangen, aber sie erkannten den Gast, der das Restaurant an dieser Stelle verlassen hatte, sofort.

»Ha!«, rief Shao, »da ist er ja!«

Jane Collins lächelte. »Na bitte, dann wird sich ja alles bald günstiger entwickeln.«

»Das hoffe ich doch stark.«

Auch der Fahrer hatte seinen Chef gesehen, der den Rolls zielstrebig ansteuerte.

Er stieg aus, um Sir James den hinteren Wagenschlag zu öffnen, damit er einsteigen konnte.

Shao hatte schon nach dem Türgriff gefasst und wollte ebenfalls aussteigen, als Jane ihr blitzschnell eine Hand auf den Arm legte. »Um Himmels willen, lass es.«

Der Grund war klar, auch wenn Shao ihn in diesem Moment nicht einsah. Wie aus dem Nichts waren die beiden Männer aufgetaucht. Ganz in Schwarz gekleidet. Hinzu noch vermummt. Mit Strickmützen über den Köpfen, die nur bestimmte Stellen frei ließen.

»So hat Glenda sie beschrieben!«, flüsterte Shao.

Die Männer kümmerten sich nicht um andere Fahrzeuge, und deshalb waren Shao und Jane auch die perfekten Zeuginnen. Sie wollten Sir James, aber da gab es noch den Fahrer, der die beiden Maskierten zwar sah, sie aber zu spät entdeckte.

Plötzlich wurde er von ihnen in die Zange genommen. Bevor er seine Waffe ziehen konnte, war der kleinere der beiden schon dicht neben ihm.

Womit er zuschlug, war nicht zu erkennen. Jedenfalls hämmerte er den Gegenstand in den Nacken des Fahrers, und als dieser fiel, schlug er ihm noch gegen den Hinterkopf.

Als wären ihm die Beine weggetreten worden, brach der Mann zusammen, der sofort gepackt und angehoben wurde. Man schleifte ihn hinter das Heck des Rolls und ließ ihn dort liegen.

Sir James stand starr da. In seine linke Wange drückte sich die Mündung einer Waffe. Der Vermummte neben ihm wirkte wie festgefroren.

So ähnlich wirkten auch Shao und Glenda. Beide hatten sich geduckt und spähten über den unteren Rand der Frontscheibe.

»Wir tun nichts«, flüsterte Jane, »verstehst du? Gar nichts. Erst später ...«

»Ist schon okay.«

Beide beobachteten weiter, und sie sahen, wie Sir James abgeführt wurde. Es ging alles blitzschnell und trotzdem kam es den beiden Frauen irgendwie langsam vor.

Sie gingen zu keinem Wagen, sondern auf ein Gebüsch zu. Dahinter lag die Straße, über die auch die beiden Frauen gefahren waren, und wahrscheinlich stand auch dort deren Fahrzeug.

Der Kleinere schaute noch einmal über den Parkplatz hinweg auf der Suche nach Zeugen. Als Shao und Jane das mitbekamen, duckten sie sich tiefer, warteten zehn Sekunden und lugten dann wieder über den unteren Rand der Scheibe hinweg.

Sie sahen, dass der Typ den gleichen Weg ging wie sein Kumpan mit Sir James.

»So«, sagte Jane und richtete sich wieder auf. »Hier

hat uns der Liebe Gott eine Chance gegeben. Ich kann dir versprechen, Shao, dass wir sie auch nützen werden.«

»Bist du gut im Verfolgen fremder Autos?«

»Sogar noch besser«, erwiderte Jane und startete …

Bluff?

Nein, dieser Kopf bluffte nicht. Er war seinen eigenen Weg gegangen und hatte auch auf sich selbst nicht die Spur von Rücksicht genommen. Das war kein Bluff. Wir würden es knüppeldick bekommen, und ich fasste noch einmal zusammen, was ich über unser zukünftiges Schicksal erfahren hatte.

Er wollte unsere menschlichen Informationen haben und alles das zusammenholen, was wir all die Jahre an Wissen aufgeladen hatten.

Das war eine ganze Menge. Nicht nur über die Welt, die kannte er sicherlich besser als wir. Er würde uns die Informationen über die Reiche im Verborgenen aus den Köpfen saugen und so erfahren, was es mit den Strukturen der Hölle auf sich hatte.

Mit diesem Wissen konnte er eine bestimmte Kurve in seiner weiteren Existenz einschlagen. Er würde sich mit dem beschäftigen, was für die große Anzahl der Menschen auf diesem Erdball völlig fremd, absurd und auch unheimlich war.

Gab es eine Möglichkeit, dem zu entwischen?

Das war die große Frage. Ich überlegte, ob ich selbst in der Lage war, diese Energie aufzubringen. Hätte er es mit einer normalen Hypnose versucht, dann hätte ich dagegengehalten. Das hier war keine Hypnose. Ich war ebenso vernetzt wie Suko, und wenn ich so wollte, würde er mit einer elektronischen Hypnose beginnen.

Der Professor hatte sich in den letzten Sekunden – oder waren es schon Minuten? – nicht gemeldet. Wahrscheinlich wollte er uns Gelegenheit geben, uns auf unser Schicksal einzustimmen, das für ihn so etwas wie endgültig war.

Nicht für mich.

Auch nicht für Suko. So gut kannte ich ihn, und ich wollte hören, was er sagte.

»He, du bist noch da?«

»Ja. Ist doch klar. Hast du alles behalten, John?«

»Leider.«

»Später kannst du es vergessen. Wie alles andere auch. Reizende Aussichten.« Ich hörte ihn lachen. »Wenn ich mir vorstelle, dass wir ausschließlich von diesem verdammten Schädel bewacht werden und nicht von einem Körper mit Armen und Beinen, dann könnte ich mir selbst in den Dingsbums beißen.«

Darüber dachte ich erst gar nicht nach, sondern ich wurde noch wütender. Ich sprach ein anderes Thema an, und es war mir dabei egal, ob der Kopf zuhörte oder nicht. »Wie sieht es denn mit deinen Befreiungsversuchen aus, Alter?«

»Nicht gut.«

»Hast du es versucht?«

»Klar. Ich kann die Arme nicht bewegen und sie auch nicht unter den verdammten Dingen wegziehen. Die sind wie viel zu straff sitzende Hosenträger.«

»Das also nicht.«

»Stell dich mal auf einen geistigen Widerstand ein, John!«

»Und das kriegen wir geregelt?«

Er lachte leise. »Wir werden es versuchen müssen.«

»Bravo, bravo!«, lobte uns der Professor. »Ich habe Ihnen beiden mit großem Interesse zugehört. Kompliment. Sie geben nicht auf. Das habe ich auch nicht erwartet. Sie sind wirklich gut, und ich bin der Meinung, dass ich mir genau die richtigen Personen herausgefiltert habe. Ich freue mich schon jetzt auf unser kleines Duell, denn ich weiß, dass ihr euch dagegenstemmen werdet, doch es hat keinen Sinn. Das ist keine Hypnose, das ist die Macht, die Kraft, das ist meine Seele und mein gesamter Wille.«

Es waren starke Worte gewesen, die wir ihm auch glaubten. Er war auf den Kopf reduziert und zugleich konzentriert und hatte eine gewaltige Machtfülle erhalten.

»Und noch etwas möchte ich auf keinen Fall vergessen«, erklärte er leise, »ich werde nicht nur meine Informationen erhalten, ich werde auch in der Lage sein, euch zu verändern. Ihr kennt euch aus, ihr wisst Bescheid. Die Szene ist euch nicht neu. Ihr habt eure Erfahrungen mit Zombies sammeln können. Untote, Menschen, die leben, aber keine Seele haben. Die herumhängen, die vegetieren, die durch die Gegend irren und abgeschossen werden können wie Hasen. Genau dorthin wird euer Weg gehen. Hinein in den Zustand der Untoten. Ihr werdet nichts mehr wissen, denn euer Wissen, eure Seele, die sich in euren Köpfen befindet, wird dann in meinen Besitz übergegangen sein. So kann man euch dann zu Menschen degradieren, die nur noch Körper sind. Für die die Erlösung der Tod ist.« Das harte und schadenfrohe Lachen passte zu den Worten.

Für Suko und mich war es furchtbar. Nie zuvor waren wir in einen ähnlichen Fall hineingeraten, in dem es um uns beide ging, wobei wir trotzdem völlig außen vorstanden, denn wir waren schon zu Beginn wehrlos gemacht worden.

Ich hatte den Wunsch, zu sprechen. Suko sicherlich auch. Nur würde es uns nicht weiterbringen. Das war völlig sinnlos. Wir konnten das Schicksal nicht abwenden.

Dann erwischte es uns!

Ich ging davon aus, dass auch Suko das Gleiche verspürte wie ich. Es war ein stechender Schmerz, der sich in meinen Kopf hineinschob, als wäre ein Bohrer dabei, sich in mein Hirn zu drehen. Den Schrei konnte ich nicht unterdrücken, und ich hörte auch Suko stöhnen. Es glich einer Warnung. Es war das Vorspiel. Es sollte uns klarmachen, wozu der andere fähig war.

Ich hielt den Kopf trotzdem gedreht, weil ich den Kopf sehen wollte. Das Licht knallte gegen ihn. Jede Einzelheit wurde mir präsentiert. In den Gläsern der Brille fing sich die Helligkeit und hinterließ Reflexe auf dem Glas.

Täuschte ich mich, oder hatten sich die schmalen Lippen tatsächlich zu einem Lächeln verzogen?

Bestimmt, und das verdammte Horror-Hirn führte den Angriff fort. Der erste Kontakt war nur so etwas wie die Spitze eines Eisbergs gewesen, denn jetzt übernahm die fremde Macht das, was Professor Wilson als Seele bezeichnet hatte.

Er wollte das Wissen. Er wollte unsere Erinnerungen. Er war in meinem Kopf und auch in meiner Seele. Ich spürte die Kontakte der Sonden nicht mehr, alles Äußere schwamm einfach weg. Es war nur das Fremde in mir.

Zum Glück ebbte der anfängliche Schmerz ab. Ich lag an der gleichen Stelle und sackte trotzdem weg. Es war wie ein Fall in die Tiefe, der nicht mehr aufhörte, aber anders als bei einer Dimensionsreise. Ich schwamm weg, ohne ein Ziel zu erreichen. Ich blieb irgendwo schweben, und der Angriff hörte nicht auf.

Jemand bohrte in meinem Kopf. Das Fremde suchte sich seinen Weg. Noch nahm ich keine Gedanken wahr, und ich suchte auch verzweifelt nach einem Vergleich.

Waren die Gedanken des Professors vielleicht wie eine Sonde, die sich tief und tiefer bohrte? Die ihr Ende selbst bestimmte? Die alles Menschliche aus mir herausholen wollte?

Noch war ich selbst in der Lage, darüber nachzudenken. Das wiederum gab mir Hoffnung, und ich versuchte jetzt, mich dagegenzustemmen. Ich wollte nicht zu einem Opfer des verdammten Horror-Hirns werden.

Deshalb nahm ich den Kampf auf.

Ich mobilisierte meinen eigenen Willen. Es war wie bei einer Schlacht. Die Gegner standen sich gegenüber.

Nur waren die Waffen ungleich verteilt, denn der Druck des anderen nahm zu.

Das Fremde ›amüsierte‹ sich. Gedanken wie Stimmen wühlten durch meinen Kopf. Sie rührten herum. Sie suchten. Sie wollten sich informieren, und ich stemmte mich mit aller Kraft dagegen. Mein Kampf galt der Technik und der Magie. Ich hatte nicht vor, mich fertig machen zu lassen, nicht ohne die entsprechende Gegenwehr, auch wenn die Chancen mehr als gering waren.

Es war für mich eine wahnsinnige Anstrengung, dagegenzuhalten.

Der Schweiß trat mir aus allen Poren Es gab keine Stelle am Körper, die nicht in Mitleidenschaft gezogen wurde. Durch die Anstrengung bewegte sich auch mein Herz schneller. Es glich einer Pumpe, die ihren Saft durch meinen Kopf schickte. Schwere Schläge, Echos, die zusätzlich durch meinen Kopf zuckten, als wollten sie ihn zertrümmern. Irgendwann würde der Zeitpunkt eintreten, an dem ich mich selbst verlor.

Ebenso wie den eigenen Willen und die eigenen Gedanken.

Die fremde Kraft rührte in meinem Kopf herum. Sie war auf der Suche, weil sie einen Anfangspunkt finden wollte, um mir die Erinnerung zu nehmen. Es war beinahe mit einer Hypnose vergleichbar und trotzdem irgendwie ganz anders.

Noch spürte ich meinen Körper. Ich wusste auch, was ich tat. Ich atmete ein, ich atmete aus, aber jede dieser so normalen Funktionen war schon mit einer gewissen Anstrengung verbunden. Allmählich gewann das Horror-Hirn die Kontrolle über mich. Es gab keinen Zweifel, dass ich mich auf der Verliererstraße befand und gegen die andere Macht nicht ankam.

Was drang durch meinen Kopf? War es eine Stimme, der ich nichts entgegensetzen konnte? Oder waren es einfach nur die fremden Gedanken, die ich als Stimme auffasste?

Mein Widerstand schwand. Ich musste mich einfach ausruhen. Ich konnte den Widerstand nicht mehr aufrechterhalten. Stück für Stück brach er zusammen. Es war wie bei einem Menschen, der sich zunächst gegen die Macht des Hypnotiseurs sträubt, ihr aber später nachgibt, weil sie einfach zu stark ist.

So erging es mir.

Ich hatte das Gefühl, dass mein Gehirn sich allmählich auflöste. Alles, was sich in meinem Kopf befand und mich geistig in der Spur hielt, wurde immer stärker zum wegfließenden Treibgut.

Meine eigenen Gedanken waren so gut wie nicht mehr vorhanden. Aus der konzentrierten Masse war die Verdünnung geworden, und die trieb in alle Richtungen fort.

Ob es stimmte oder nicht, wusste ich nicht, aber ich

hatte tatsächlich das Gefühl, mich allmählich aufzulösen und hineinzutreiben in die grauenhaften Fänge des Horror-Hirns ...

Es war gut, dass die beiden Entführer einen Wagen fuhren, der die meisten anderen überragte und auch durch seine dunkle Farbe auffiel. So konnten Shao und Jane stets einen Zwischenraum lassen, ohne dabei großartig aufzufallen.

Beide konnten sich nicht vorstellen, dass ihr Ziel zu weit außerhalb der Stadt lag. Irgendwo in London oder an der Peripherie würde sich das Ziel befinden. Und es musste ihrer Meinung auch ein Ort sein, der von anderen Menschen nicht so leicht zu finden war. Oder eine Stelle, die sehr unverdächtig erschien, so dass niemand auf den Gedanken kam, dahinter Böses zu vermuten.

Jane Collins fuhr.

Wer sie kannte und in das starre Gesicht schaute, der wusste, dass sie unter einer wahnsinnigen Konzentration stand. Sie dachte nur noch daran, den Wagen der Entführer nicht aus den Augen zu verlieren. Shao kannte dies, und sie tat auch nichts, um Jane aus der Konzentration zu reißen.

Um diese Zeit konnte die Millionenstadt London auch mit einem Ameisenhaufen verglichen werden. Es gab keine Stelle, die nicht mit Leben und Betrieb übersät gewesen wäre. Ob Autos, Motorroller, Bikes, Fußgänger, der Wirrwarr setzte sich aus zahlreichen Facetten zusammen, die allesamt in einen einzigen Quirl hineinflossen.

Manchmal fuhren drei, dann wieder vier Fahrzeuge zwischen den beiden Autos. Der Fahrer des dunklen Entführerwagens hielt sich strikt an die Verkehrsregeln. Er fuhr nicht zu schnell, war allerdings auch kein Hindernis, indem er zu langsam rollte.

Vor einer Ampel gab es einen Halt!

Auch Jane Collins bremste. Sie atmete zunächst tief durch, drehte Shao den Kopf zu und lächelte knapp.

»Stress?«, fragte die Chinesin.

»Kann man wohl sagen.« Jane wischte Schweiß von der Stirn. »Wenn wir den Wagen aus den Augen verlieren, ist alles aus. Dann kann es Sir James gegeben haben.«

»Wie Suko und John?«

»Das will ich nicht hoffen.«

Da die Ampel weiterhin auf Rot stand, sagte Shao: »Du wirst auf der Fahrt sicher an die beiden gedacht haben wie ich auch. Was hast du dir vorgestellt? Wo könnten sie sein?«

»Ich weiß es wirklich nicht. Es gibt so viele Verstecke hier in der Stadt und der Umgebung. Allerdings werden sie dort sein, wo sie so schnell nicht wegkommen können. Das ist beinahe wie im Kino. Ein perfektes Kidnapping, da passt einfach alles. Nur ist es leider kein Film.«

»Sogar der Wagen passt dazu.«

»Eben.«

Die Autoschlange vor ihnen setzte sich wieder in Bewegung. Auch Jane konnte starten. Sie hütete sich allerdings, vor ihnen fahrende Wagen zu überholen, der Abstand sollte schon gleich bleiben.

Die Nervosität war den Frauen nicht anzusehen. Nach außen hin wirkten sie ungemein konzentriert. Sie standen unter einer immensen Spannung. Sie nahmen die Umgebung kaum wahr. Sie rann wie ein verschwommener Film neben ihnen ab, nur der Wagen, den sie verfolgten, blieb klar.

Sie blieben nicht im Bereich der City of London. Die

Fahrt ging weg vom Fluss. Vorbei am Regent's Park in Richtung Camdon Town. Sehr bald sahen wir östlich den Regent's Kanal und auch den Fußweg, der daran entlanglief. Spaziergänger erholten sich im Schatten der Großstadt.

Shao, die das sah, verzog die Mundwinkel. Auch sie wäre gern dort gewesen, aber es gab andere Aufgaben, die noch zu erledigen waren.

Sie und Jane konnten sich überhaupt nicht vorstellen, was die andere Seite für Pläne ausbaldowert hatte. Es ging ja nicht nur um John und Suko, jetzt hatten sie auch Sir James mit in ihre Pläne hineingezogen, und das ließ tief blicken. Wenn dieser Gedanke weiterverfolgt wurde, konnte das letztendlich nur bedeuten, dass die kleine Abteilung lahmgelegt werden sollte oder schon war.

Bei diesem Gedanken brach Shao der Schweiß aus. Jane bemerkte es und fragte nach dem Grund.

Die Chinesin erzählte ihn.

Bitter musste die Detektivin lachen. »Du wirst dir vorstellen können, dass auch ich daran gedacht habe.«

»Toll. Dann darf ich dich auch fragen, wer dahinter stecken könnte?«

»Darfst du. Nur wirst du keine Antwort bekommen. Ich weiß es nicht, und ich kann es mir auch nicht vorstellen. Ich komme mir vor wie jemand, der hoch oben in der Luft hängt, ohne ein Netz oder ein Seil unter seinen Füßen zu spüren. Aber eines ist sicher. Die Kidnapper führen uns dorthin, wo wir die beiden finden können.«

»Sehr gut. Was machen wir dann?«

»Das ist die Frage. Ich will auch über keine Antwort nachdenken, Shao. Wir lassen alles auf uns zukommen. Kann sein, dass wir auch Verstärkung anfordern müssen, um die beiden herauszuhauen.«

Shao schwieg. Es war besser, wenn sie Jane nicht mehr ablenkte.

In der Nähe von Hampstead bogen die Kidnapper von der Durchgangsstraße ab und rollten in einen schmalen Weg hinein. Wohin der führte, war für Shao und Jane nicht zu sehen. Zumindest gab es kein Ziel, abgesehen von dieser Straße, die von Bäumen gesäumt wurde. Ein paar Häuser grüßten aus der Ferne, und der Abstand zwischen den Autos vergrößerte sich.

Kleine Firmen hatten hier ihren Sitz. Ein paar Hightech-Unternehmen. Eine Fabrik, die Milchprodukte herstellte, war ebenfalls hier angesiedelt, und der dunkle Wagen rollte auf der normalen Straße weiter. Er fuhr nicht auf das kleine Industriegebiet zu. Stattdessen rollte er den Häusern entgegen, die zu einem kleinen Ort zusammengewachsen waren, den Shao und Jane nach einer Kurve sahen.

Dort hielt der Fahrer an. Nicht weil er das Ziel erreicht hatte, gestoppt hatte er vor einem Geschäft. Der größere der beiden stieg aus. Er hatte die Mütze abgenommen, und die beiden Frauen sahen das blonde Haar. Er bewegte sich geschmeidig und wirkte wie ein Sportler, der sich stets im Training befand. Das war ein Kämpfer und keiner, der Rücksicht kannte auf dem Weg zum Ziel.

Auch Jane hatte gestoppt. Noch recht weit hinter dem schwarzen Wagen. Als der Fahrer ausgestiegen war, hatten sich die beiden Frauen geduckt. Beim Hinschauen musste der andere annehmen, dass am Straßenrand ein leeres Fahrzeug stand. Wie auf dem Parkplatz lugten sie über den unteren Rand der Scheibe hinweg, und ihnen fiel auf, dass der Typ sich noch rasch umschaute, bevor er das Geschäft betrat. Es dauerte nicht lange, bis er zurückkehrte. Unter seinen linken Arm hatte er eine Tüte geklemmt, die er seinem Beifahrer wenig später reichte.

»Das könnte es sein«, flüsterte Jane.

»Was meinst du?«

»Ganz einfach. Ich gehe davon aus, dass die beiden möglicherweise hier bekannt sind.« Sie startete, weil auch der andere Wagen wieder anfuhr, aber Jane stoppte vor dem Geschäft.

Shao war für einen Moment verunsichert. »He, was ist los mit dir? Willst du einkaufen?«

»Nein, nur Fragen stellen.«

»Okay.«

Jane war schnell. Sekunden später betrat sie das Geschäft, in dem eine ältere Frau im weißen Kittel Obst sortierte.

Sie drehte sich um, und bevor sie eine Frage stellen konnte, kam Jane ihr zuvor. »Kennen Sie die beiden Männer, die bei Ihnen gewesen sind? Ich meine gerade eben.«

»Nicht namentlich.«

Das hörte sich schon gut an. »Aber Sie wissen vielleicht, woher sie kommen und wo sie wohnen?«

»Ja, das schon.«

»Wo denn?«

»Auf dem alten Gehöft. Jemand hat es gekauft.«

»Ach. Die beiden?«

»Nein, Professor Wilson. Er lebt und arbeitet dort. Die beiden Männer stehen ihm zur Seite.«

»Wie komme ich dorthin?«

»Das ist leicht. An der alten Bahnstrecke fahren Sie links ab. Sie können die Schienen sehen. Im Winter sind sie nicht so überwuchert. Merken Sie sich das Streckenhaus. Da müssen Sie rein.«

»Wie weit ist es noch bis zum Gehöft?«

»Das sehen Sie schon.«

»Es ist also alles flach?«

»Klar.«

Jane gefiel das nicht. Sie schaute zu Boden und nahm den Geruch der Äpfel auf. »Ist das denn ein offizieller Weg, der dorthin führt, oder nur eine Privatstraße?«

»Keine Sorge, das ist schon offiziell. Die Straße wird kaum noch befahren, seit es hier bessere Möglichkeiten gibt. Der Fortschritt lässt sich nicht aufhalten. Uns hier hat er sogar gut getan.«

»Wissen Sie eigentlich mehr über diesen Professor Wilson?« Jetzt, wo Jane Bescheid wusste, ließ sie sich Zeit.

Es war eine Frage, die die Frau misstrauisch werden ließ. »Sie fragen aber komisch, das muss ich schon sagen. Sind Sie so neugierig?«

Die Ausrede floss glatt über Janes Lippen. »Nein, das nicht oder auch. Wissen Sie, Madam, ich arbeite freiberuflich für mehrere Zeitungen und schreibe einen Bericht über den Professor. Da steckt die Fragerei eben in Fleisch und Blut.«

Da blitzten die Augen der Frau. Zugleich lächelte sie. »He, komme ich auch in die Zeitung? Mein Geschäft könnte ein wenig Reklame gut gebrauchen, wenn ich ehrlich sein soll.«

»Das ist möglich. Versprechen kann ich allerdings nichts.«

»Brauchen Sie auch nicht.«

Jane lächelte ebenfalls. »Okay, wie ist das mit diesem Professor? Kennen Sie ihn?«

Die Geschäftsfrau schüttelte den Kopf.

»Kennen ist übertrieben, ehrlich. Ich kenne nur seinen Namen. Er ist irgendwie eine geheimnisvolle Persönlichkeit.«

»Hört sich spannend an.«

»Haben wir auch erst gedacht. Er ist ein privater Gelehrter. Einer, der in Ruhe forschen will.«

»Woran?«

»Das entzieht sich meiner Kenntnis, Miss. Da läßt er sich nicht in die Karten schauen. Würde ich auch nicht, wenn ich ehrlich bin. Wirklich, da bin ich konsequent. Wenn ich mich zurückziehe, will ich auch meine Ruhe haben.«

»Da haben Sie Recht.« Jane fragte trotzdem weiter. »Und seine Mitarbeiter kaufen bei Ihnen hier die Lebensmittel?«

»Manchmal. Das war heute schon fast eine Ausnahme. Ich könnte bessere Geschäfte vertragen.«

»Ja, wer möchte das nicht? Ich denke mir aber, dass sich die Leute hier doch Gedanken gemacht haben, womit sich dieser Professor beschäftigen könnte?«

Mit beiden Händen winkte die Frau ab. »Und ob, Miss. Sie glauben ja nicht, was hier schon für Spekulationen entstanden sind.«

»Was denn genau?«

»Irgendwas mit Bio oder Genforschung. Davon liest man ja immer wieder in den Zeitungen.«

»Genau wissen Sie das nicht?«

»Nein. Ist auch nur eine Vermutung.«

Jane schaute aus dem Fenster. »Haben Sie den Professor schon zu Gesicht bekommen?«

»Einmal nur kurz.«

»Toll. Wie sieht er denn aus?«

»Tja, was soll ich da sagen? Wie ein richtiger Professor, nehme ich mal an. So einer mit grauen Haaren und Brille, der sehr ernst schaut. Ich habe ihn ja nicht lange gesehen. Aber hinter den Gläsern der Brille habe ich ernste Augen gesehen. Der könnte auch ein Arzt sein. Vielleicht ist er das sogar.«

»Mal schauen.«

»Wenn Sie ihn interviewen wollen, dann müssten Sie das doch wissen, Miss.«

Jane lachte. »Im Prinzip schon. Nur hat er nie einen direkten Beruf angegeben, verstehen Sie?«

»Nicht direkt.«

»Ist auch egal.« Jane blieb sehr freundlich. »Ich bedanke mich auf jeden Fall für die Auskünfte.« Da der Geruch der Äpfel sie hungrig gemacht hatte, kaufte sie vier. Dann verabschiedete sie sich und wurde von Shao mit einem Kopfschütteln und einer Bemerkung empfangen, die dazu passte.

»Jetzt sind sie weg.«

»Ja.« Jane schlug die Tür zu.

Shao deutete auf die Tüte. »Was hast du da?«

»Äpfel!« Die Tüte landete auf dem Rücksitz.

»Hast du so viel Zeit gehabt?«

»Habe ich. Die Zeit habe ich auch weidlich ausgenutzt. Ich weiß jetzt, wen wir suchen müssen und wohin wir zu fahren haben.«

»Ach!«

»Ist nicht weit von hier weg.«

»Im Ort?«

»Nein. Wir müssen zu einem alten Gehöft oder Bauernhof. Dort hat der Herr Professor sein Hauptquartier aufgeschlagen.«

Shao staunte noch mehr. »Professor?«

»Erkläre ich dir unterwegs.«

»Gut. Und was denkst du sonst?«

»Es kann verdammt hart werden ...«

Der Schlag hatte Sir James blitzschnell getroffen und ihm zunächst einmal die Erinnerung geraubt. Plötzlich waren seine Knie weich geworden, und er hatte sich auch nicht mehr auf den Beinen halten können.

Er sank in den tiefen Schlaf der Bewusstlosigkeit, aus dem er auch wieder erwachte.

Gut ging es ihm nicht.

Der Druck im Kopf und im Nacken vereinigte sich dicht unter der Stirn an der Hinterseite des Kopfes. Er wusste auch, dass er auf dem Boden lag, dass er gefahren wurde, ihn ein fremder Geruch umgab und er leise Stimmen hörte, aber es war ihm unmöglich, nachzuschauen, wohin die Reise ging.

Er lag mit angezogenen Beinen auf einer schmalen Ladefläche. Um ihn herum war es dunkel. Zwar nicht stockfinster, aber die Dunkelheit reichte kaum aus, um mehr erkennen zu können als bleifarbene Gräue.

Er konnte auch nicht sagen, wie lange sie unterwegs waren. Die Erinnerung war mit dem Verlassen des Restaurants erloschen. Es war einfach alles zu schnell gegangen. Dieser Überfall hatte ihn wie der Blitz aus heiterem Himmel getroffen. Er konnte sich noch an das Geschäftsessen erinnern, das war aber auch alles.

Der Superintendent glaubte nicht, dass hinter dieser Aktion die Personen steckten, mit denen er dienstlich essen war. Sie hätten gar kein Motiv gehabt. Zudem musste er daran denken, dass auch John Sinclair verschwunden war.

Irgendjemand war dabei, die kleine Abteilung außer Kraft zu setzen. Erst John Sinclair, dann Sir James, es fehlte nur noch Suko. Er hoffte, das man ihn nicht erwischt hatte.

Sir James lag auf der Seite. Die Brille hatte er bei der Aktion nicht verloren. Sie klemmte noch auf seiner Nase, war aber bei der Aktion zur Seite gerutscht und hing nur noch mit einem Bügel. Der ältere Mann rollte sich auf den Rücken. Er trug nur den Anzug. Den Mantel hatte man ihm ausgezogen. Das Handy war ebenfalls verschwunden. Er rückte die Brille wieder zurecht, mehr sehen konnte er in der Dunkelheit trotzdem nicht. Nach wie vor war er gefangen und auch zu schwach, um sich selbst zu befreien.

Am meisten ärgerte es ihn, dass er nicht wusste, wer hinter dieser Aktion steckte. Dass eine Gruppe oder irgendjemand einmal den Plan fasste, die kleine Abteilung beim Yard auszuschalten, dazu hatte es irgendwann kommen müssen. Das war allen klar gewesen. Diesmal schien es so weit zu sein.

Sir James blieb ruhig liegen. Er wollte sich erholen, doch der Belag der Straße hatte sich in den letzten Sekunden stark verändert. Es gab Buckel und Schlaglöcher, die von der Federung nicht geschluckt werden konnten.

Alle Unebenheiten bekam er mit, und jedes Mal stachen Schmerzen durch seinen Kopf. Er musste die Zähne zusammenbeißen, konnte sich nicht mehr auf seine Überlegungen konzentrieren und rutschte dann nach vorn, als der Wagen plötzlich stoppte.

Sie waren am Ziel. Sir James ging einfach davon aus, ohne Beweise zu haben. Er hörte sich selbst atmen und wartete zunächst ab, was passieren würde. Er überlegte, ob er sich bewusstlos stellen sollte oder nicht. Es hatte keinen Sinn, wenn er es versuchte. Die Entführer würden ihm das nicht abnehmen.

Sein Gehör hatte nicht gelitten. Sir James bekam mit, dass zwei Männer den Wagen verließen, denn es fielen zwei Türen zu. Sekunden später schon drang helleres Licht durch die hintere Tür, und kräftige Hände zogen Sir James auf den Ausgang zu.

Gesprochen wurde nicht. Man stellte ihn hart auf die Füße, so dass ihn schwindelte.

Viel erkennen konnte er nicht. Der Wagen musste in einen Schuppen oder in eine Garage gefahren sein.

Das Licht war auch nicht eben hell. Es stand noch ein weiteres Auto in der Nähe. Ein dunkler Daimler. Heu- und Mistgabeln waren ebenfalls zu sehen wie ein alter Dreschflegel, der dicht neben einer neu aussehenden Tür stand, die nicht zurück ins Freie führte.

Gegen die beiden Männer kam Sir James nicht an. Sie waren durchtrainierte Kämpfer, die jeden Widerstand sofort im Keim ersticken würden.

Der kleinere von ihnen ging zur zweiten Tür, um sie zu öffnen. Er klemmte einen Holzkeil zwischen ihre untere Seite und den Fußboden, damit sie nicht wieder zufiel.

Dann gingen sie ins Haus. Noch immer war kein Wort gesprochen worden. Durch Gesten und auch durch Drücken wurde Sir James klargemacht, wohin er zu gehen hatte. Anhand der herumliegenden Gegenstände hatte er erkannt, wo er sich aufhielt. Man musste ihn zu einem Bauernhof gebracht haben. Zu einem Gehöft, bestehend aus verschiedenen Bauten, die miteinander verbunden waren.

Sie gingen weiter. Sir James in der Mitte. Er ärgerte sich darüber, dass es ihm nicht möglich war, normal zu gehen. Die Füße schlurften über den Boden hinweg, und bei jedem Schritt sackten seine Beine leicht ein, so dass er trotz allem froh war, von kräftigen Händen gehalten zu werden.

Der Geruch war nicht aus seiner Nase gewichen. Er hatte den Eindruck, dass es hier medizinisch roch. Nach Krankenhaus und Klinik. Er ging durch den kahlen Gang mit den alten Steinfliesen und erreichte wieder eine Tür, die von dem kleineren der beiden Männer aufgestoßen wurde.

Man schob ihn über die Schwelle.

Der Raum war dunkel. Sir James spürte, dass er recht groß war. Es mochte auch am Klang der Schritte liegen, denn der zweite Entführer war zur Seite getreten, bevor er das Licht einschaltete, das Augenblicke später den Raum durchflutete und Sir James zum Staunen brachte, so dass er seine eigenen Probleme vergaß.

Es war ein leerer, gefliester Raum mit dunkelgrün gestrichenen Wänden. Es gab weder Schränke noch Tische und Stühle. Dafür gab es etwas anderes, und Sir James spürte einen Stich in der Brust, als er sich auf den Gegenstand konzentrierte.

Mitten im Raum stand eine Bahre!

Auf vier Schienen oder Trägern, an deren Ende sich Gummirollen befanden.

Sir James konnte es kaum glauben. Sein Blick irrte ab. Er sah an der rechten Seite ein Fenster, das breiter als hoch war. Vor der Scheibe hing ein faltiger Vorhang wie ein alter Lappen, so dass ihm der Blick nach draußen verwehrt war.

Sir James wurde nicht mehr festgehalten. Der Größere trat wieder auf ihn zu und sah, dass der Superintendent seine Brille zurechtrückte. Er hatte sich wieder gefangen und schaffte es auch, wieder normal zu sprechen, wenn auch mit etwas heiser klingender Stimme.

»Wissen Sie eigentlich, was Sie hier getan haben, Mister?«, fragte Sir James.

»Ich bin Falco.«

»Wie schön.«

»Wir wissen immer, was wir tun. Das zu Ihrer Information, Sir. Und wir wussten nicht, dass es so leicht sein würde. Ihr Bullen seid auch nicht mehr so gut wie früher.«

»Sie haben auch John Sinclair gekidnappt, nicht wahr?«

»Richtig.« Falco strich über seine Oberlippe. »Auch

das ist beinahe ein Kinderspiel gewesen. Ich habe es nicht für möglich gehalten, aber so sah der Plan aus.«

»Wessen Plan?«

»Nicht unserer.«

»Das dachte ich mir. Wer also steckt dahinter?«

»Der Professor.«

Mit dieser Antwort konnte Sir James nichts anfangen, deshalb fragte er nach dem Namen des Professors.

»Er heißt Wilson!«

Sir James überlegte. Auch das brachte ihn keinen Schritt weiter. An die Mächte der Finsternis hatte er sehr wohl gedacht, doch ein Professor Wilson war ihm mehr als unbekannt. Dann lief dieser Fall also in eine völlig andere Richtung.

»Damit können Sie nichts anfangen, wie?«

»Stimmt.«

Eagle meldete sich. Er schob sich zuerst einen Kaugummi zwischen die Zähne. »Sag ihm doch mal, wie man den Professor nennt.«

»Meinst du?«

»Aber klar doch.«

Falco konzentrierte sich wieder auf Sir James. »Man nennt ihn das Horror-Hirn.«

Der Superintendent zeigte so gut wie keine Reaktion. Er hob nur die Augenbrauen etwas an. »Auch wenn Sie mich für ungebildet halten, aber dieser Begriff sagt mir nichts.«

Er hörte Falcos Kichern. »Das ist nicht nur so ein Name oder Begriff. Er ist tatsächlich das Horror-Hirn, und das im wahrsten Sinne des Wortes.«

Im hellen und auch sehr kalten Licht der Deckenleuchte sahen die Augen des Bewachers aus, als hätten sie auf der Oberfläche eine Eisschicht erhalten. »Es gibt nur noch seinen Kopf!«, flüsterte Falco. »Ja, nur den Schädel. Der Körper ist weg. Aber der Professor lebt. Er ist ein Genie. Und Genies darf man nicht vernichten. Sie dürfen nicht getötet werden, verstehen Sie. Sie müssen weitermachen und die Forschung vorantreiben. Das ist unserem Professor gelungen. In langer intensiver Arbeit. Er ist ein Wunder.«

Sir James hatte zugehört. Obwohl er durch den Schlag in Mitleidenschaft gezogen war, arbeitete sein Verstand völlig normal. Er schaffte es auch, seine Gedanken zusammenzufassen, obwohl ihn ein leichter Schwindel erfasste.

»Nur der Kopf?«

»Genau, Sir James.«

»Er lebt?«

»Besonders intensiv sogar.«

Der Superintendent schwieg. Das konnte er sich einfach nicht vorstellen, aber er wusste auch, dass Menschen an gewissen Fortschritten arbeiteten, die nur auf den ersten Blick als solche bezeichnet werden konnten. Tatsächlich waren all die Versuche Verbrechen gegen die Ethik und die Moral, denn diese Wissenschaftler kannten nur ihre eigene Moral. Menschen waren für sie Versuchskaninchen.

»Woran denken Sie, Sir James?«, fragte Falco.

»Ach, ich glaube nicht, dass Sie das verstehen würden. Jeder hat eben seine eigene Vorstellung von Leben und Existenz.«

»Davon müssen Sie bald Abschied nehmen. Sie werden sowieso von vielen Dingen Abschied nehmen müssen, denn der Professor will auch gerade Sie, Sir.«

»Wozu? Ich werde ihm ein schlechter Assistent sein.«

»Daran ist auch nicht gedacht, Sir. Er braucht keinen Assistenten. Er benötigt Probanden, und er hat sich für drei entschieden. Zwei sind schon in seiner unmittelbaren Nähe. Es fehlt noch der dritte, doch der sollte kein Problem werden.« Falco deutete auf die Bahre. »Dort ist alles vorbereitet.«

Sir James war zwar nicht schwer von Begriff, diesmal schüttelte er allerdings den Kopf.

»Doch, Sir James. Das ist Ihr Aufenthaltsort in der nächsten Zukunft. Glauben Sie mir.« Er deutete auf die vier breiten Bänder. »Sie werden auf den Rücken gelegt und gefesselt, dass Sie sich nicht mehr bewegen können. Danach überlassen wir Sie der Obhut unseres Genies.«

Was das bedeutete, konnte sich Sir James vorstellen. Er wusste auch, dass er aus eigener Kraft nicht in der Lage war, sich zu befreien. Diejenigen, die es geschafft hätten, befanden sich ebenfalls in einer Gefangenschaft. Jetzt, als Sir James nicht mehr durch Fragen abgelenkt wurde, erkannte er seine Probleme glasklar. Er gestand sich ein, dass er in der Klemme steckte.

Ohne Widerstand ließ er sich zu dieser fahrbaren Pritsche hinführen und legte sich nach Falcos entsprechender Handbewegung darauf nieder.

»Sehr gut, Sir. Sie wissen genau, wann Sie verloren haben.«

Sir James schüttelte den Kopf. »Noch lebe ich.«

Falco schaute auf ihn hinab. »Sie werden auch nicht sterben, Sir. Nein, nein, wenn Sie sich da nicht mal falsche Vorstellungen machen. Sie bleiben am Leben, das kann ich Ihnen versprechen. Nur wie Sie leben werden, das steht auf einem anderen Blatt. Sie können Ihre jetzige Existenz vergessen. Man wird Ihnen einiges nehmen, Sie aber nicht töten.«

»Was wird man mir nehmen?«

Falco warf den Kopf zurück und lachte gegen die Decke. »Das soll Ihnen der Professor selbst erzählen. Er wird es gern tun.«

Sir James sagte nichts. Gedanklich allerdings beschäftigte er sich schon mit der Aussage. Er glaubte diesem Falco. Der Mann hatte keinen Grund, ihm etwas vorzulügen. Er stand voll und ganz auf der Seite des Professors und war deshalb eingeweiht.

»Angst, Sir?«

Der Superintendent überhörte den Spott in der Stimme. »Nein, die habe ich nicht. Ich bin nur neugierig.«

»Das können Sie auch sein.« Er trat zur Seite, weil Eagle sich mit den Bändern beschäftigte, die er über den Körper des Liegenden spannte. Er klemmte sie unter der Bahre fest.

Wie straff gespannte Hosenträger bedeckten die vier Streifen den Körper von Sir James. Er war nicht in der Lage, sich zu bewegen. Die Bänder drückten ihn hart zurück.

Er fühlte sich nicht nur gefangen, sondern auch gedemütigt. Aus eigener Kraft würde er sich nicht mehr befreien können, und ihn ärgerte auch Falcos spöttischer Blick, der nicht von seinem Gesicht weichen wollte und so etwas wie Triumph widerspiegelte. Er sah aus wie jemand, der es endlich geschafft und sich einen Traum erfüllt hatte.

»Ja, so habe ich es haben wollen. Einen Oberbullen gefesselt vor mir liegen zu sehen. Sie werden jetzt zu dem Meister geschoben, und ich verabschiede mich schon von Ihnen. Sie können ebenfalls Abschied von Ihrem normalen Leben nehmen. Vielleicht werden Sie noch erleben, dass der Tod viele Facetten haben kann, sehr viele sogar.« Ein letzter Blick, dann trat er zur Seite und gab Eagle den Weg zur Tür hin frei.

Der Mann schob die Bahre an. Auch er grinste. Sir James hatte das Gefühl, zu seiner eigenen Hinrichtung gerollt zu werden ...

Es war für die beiden Verfolgerinnen ganz einfach gewesen, das Gehöft zu finden. Aber sie hatten sich trotzdem Zeit gelassen, und sie begingen nicht den Fehler, ihr Auto bis auf den freien Platz oder Hof davor zu fahren.

Die Gegend war zwar eben, aber auch mit Büschen bewachsen. Einige wuchsen so hoch, dass der Golf dahinter Schutz fand. Zudem war es eine Stelle, von der aus sie den Bau und den Platz davor gut beobachten konnten.

Beide waren ausgestiegen und stellten schon beim ersten Blick fest, dass der Wagen nicht mehr zu sehen war. Er musste in einen der Gebäudeteile hineingefahren worden sein. Es gab einmal den mittleren Trakt und dann die beiden an den Seiten, die im stumpfen Winkel zum ersten hin standen.

Ein ruhiges Gehöft, verlassen wirkend, jedoch nicht verfallen.

Shao schüttelte den Kopf. »Ich frage mich, was man hier alles treiben kann.«

»Eine ganze Menge. Alles ist perfekt getarnt. Ideal für einen privaten Wissenschaftler.«

»Ohne Sicherheit?«

»Wie meinst du das?«

»Ich kann beim besten Willen keine Überwachungsanlagen erkennen, Jane. Keine Kameras, keine Elektronik, keine Hunde. Das kommt mir normal vor, schon zu normal.«

»Sie fühlen sich sicher.«

Shao zuckte die Achseln. »Das mag sein, doch was sie tun, ist schon mehr als hässlich.«

»Hätten sie Kameras angebracht, wären die Bewohner in der Nähe neugierig geworden. So haben sie einfach ihre Ruhe und können ihrer Arbeit nachgehen.«

»Arbeit ist gut, Jane.« Shao blickte sich noch einmal

intensiv um. »Dann können wir nur hoffen, dass niemand am Fenster steht und das Gelände hier beobachtet.« Sie warf Jane einen fragenden Blick zu. »Bist du bereit?«

»Komm!«

Shao und Jane reagierten wie ein gut eingespieltes Paar. Sie blieben dicht zusammen, behielten auch das Gebäude im Auge, während sie über den recht unebenen Boden huschten und darauf hofften, dass niemand sie von innen her durch eines der Fenster sah.

Sie erreichten unbehelligt das Haus. Als die beiden sich anschauten, lächelten sie.

Mehrere Türen standen als Eingänge zur Verfügung. Schon aus der Distanz hatten sie mitbekommen, wie fest die Türen waren. Zudem stand keine von ihnen offen. Die Fenster waren ihnen näher. Sie brauchten sich nicht einmal zu recken, um hineinzuschauen. Es störte höchstens der Rand des weit vorgezogenen Dachs, weil er einen Schatten in die nähere Umgebung warf.

»Tür oder Fenster?«, fragte Jane.

»Tür, denke ich.«

Jane wollte es genau wissen. Sie ging noch einen Schritt zur Seite und versuchte, einen Blick durch die Scheibe zu werfen. Das gelang ihr nicht, denn von innen bedeckte ein dunkler Vorhang das Glas.

Shao zischte ihr etwas zu, und Jane drehte sich herum. Sie sah die Chinesin winken. Shao stand ein paar Meter von ihr entfernt. Als Jane sich konzentrierte, entdeckte auch sie den schwachen Lichtschein, der an den Seiten durch das Fenster fiel.

Sofort war sie bei Shao. »Hast du was gesehen?«

Shao blieb stumm.

»Sag doch was!«

Die Chinesin erbleichte noch stärker. Mit einer sehr

schwerfälligen Bewegung hob sie den Arm an. »Bitte, sieh selbst.«

Jane zuckte mit den Schultern. Sie wollte sich lässig geben, doch sie spürte, dass dieser Zustand vorüber war; sie war jetzt so angespannt wie Shao.

Auch hier konnte sie nur durch den Spalt an der Seite des Fensters schauen. Bewegt worden war die Gardine von innen her nicht, und es war auch nur ein Ausschnitt zu erkennen.

Der aber reichte ihr.

In den folgenden Sekunden verstand Jane Collins, weshalb Shao so blass geworden war. Da lag Sir James festgeschnallt auf einer Trage, die durch einen völlig kahlen Raum auf eine Tür zugeschoben wurde. Der kleinere der beiden Entführer schob, während der zweite die Tür für ihn öffnete.

Als Jane sah, dass er auch einen Blick zum Fenster hinwarf, zog sie blitzschnell den Kopf ein.

Shao brauchte keine Frage zu stellen und sie nur anzuschauen.

Die Detektivin atmete durch. Sie musste wieder die Kontrolle über sich finden. »Sie haben Sir James festgeschnallt, und ich denke mir, dass sie das auch mit John und Suko getan haben.«

»Davon gehe ich auch aus«, erwiderte Shao gepresst. »Ich frage mich nur, wohin sie ihn schaffen.«

»Zu diesem Professor.«

»Dann sind sie beschäftigt.«

Shao hatte Recht, das gab Jane zu. Beiden war klar, dass sie sich beeilen mussten. Es galt nicht nur, ihre Freunde zu befreien, sondern auch Sir James.

»Egal wie, Shao, wir gehen rein!«

Die Chinesin nickte. »Auf mich kannst du zählen!«

Man kann den Horror und das Grauen auf die verschiedensten Arten und Weisen und auch in den unterschiedlichsten Stufen erleben.

Was Suko und ich durchmachten und durchlitten, das war auch Horror. Zumeist jedoch Folter, ohne dass wir dabei körperliche Schmerzen durchlitten. Mit uns ging man subtiler vor, was auf eine gewisse Art und Weise ebenso schlimm war.

Der Horror spielte sich im Kopf ab!

Das Gehirn sollte leergesaugt werden, um uns so die Erinnerung zu nehmen. Wir würden am Ende nicht mehr denken können und herumlaufen wie Zombies. Ohne Sinn. Ohne Ziel. Ohne zu wissen, wer wir eigentlich waren. Ohne Erinnerung an die Vergangenheit und an das, was wir dort erlebt hatten. Und auch ohne unser Wissen.

Beide waren wir über gewisse Strukturen im Reich der Finsternis informiert, aber auch über die Verbindungen zur normalen Welt. Im Lauf der Zeit hatte sich bei uns viel Wissen angesammelt. An das wollte das Horror-Hirn heran, um damit die Grundlage für einen neuen Weg zu haben. Es würde durch das Wissen den Kontakt zum Reich der Finsternis aufnehmen.

Von Suko erfuhr der Professor einiges über seine asiatische Welt, in der er aufgewachsen war. Ich dachte daran, dass ich schon mehrmals gelebt hatte. Auch daran war noch eine gewisse Erinnerung vorhanden. Durch Reisen in die Vergangenheit und Begegnungen hatte ich zudem einiges an Wissen mitbekommen, und genau das würde mir nun von Wilson geraubt werden.

Ich spürte einen bleibenden Druck im Kopf. Er ging sicherlich von den Kontakten aus, die man mir angelegt hatte, doch er konzentrierte sich nicht nur auf die eine Stelle, sondern breitete sich aus. Es lauerte jetzt überall und war trotzdem nicht allein nur als Druck zu verstehen, denn nach einiger Zeit schälte sich aus diesem Druck eine Stimme hervor.

Sie sprach mit keiner normalen Lautstärke. Sie war mehr ein Flüstern. Kurze, zischende Laute, die sich für mich bösartig anhörten. Die Stimme bohrte, sie stellte Fragen – zumindest glaubte ich das –, aber ich war nicht in der Lage, irgendetwas zu verstehen. Mein Kopf fühlte sich an wie von einer Presse umklammert. So war ich noch nie aus dem Verkehr gezogen worden, und für meinen Freund Suko galt das Gleiche.

Ich gab trotzdem nicht auf. Wichtig für mich war es, klar zu bleiben, und dafür kämpfte ich. Es war ein regelrechtes Aufbäumen. Das passierte nicht nur geistig, ich setzte auch meinen Körper ein und stemmte mich gegen die verdammten Bänder.

Aber die andere Macht war stark. Sie merkte, dass ich nicht so wollte wie geplant. Ich hörte in meinem Kopf das hässlich klingende Lachen dieser Stimme, und ich wusste, dass dieser Professor mich verhöhnte.

Ich hatte mich schon oft in gefährlichen Situationen befunden, aber es hatte immer wieder einen Ausweg gegeben. Hier nicht, denn es ging nicht gegen einen dämonischen Gegner, den ich durch die Aktivierung des Kreuzes hätte vernichten können. Wenn ich hier die Formel rief, brachte das überhaupt nichts. Deshalb versuchte ich es erst gar nicht und dachte über eine andere Möglichkeit nach.

Gab es die?

Nur keine Zweifel aufkommen lassen. Nur nicht sich selbst fertig machen. Kämpfen. Nicht der Verzweiflung anheim fallen. Ich musste mich so verhalten wie immer.

Ich drehte den Kopf und wandte meinen Blick

somit von der Decke ab. Es gab keinen Flecken an meinem Körper, der nicht schweißnass war. Der innere Kampf verlangte eine gewaltige Anstrengung von mir, und ich bäumte mich wieder auf. Die Augen und der Mund standen weit offen. Ich atmete, aber es war mehr ein Schnappen nach Luft, und ich merkte auch, dass sich mein Herzschlag beschleunigt hatte, obwohl dieses Organ von den Strömen nicht erreicht wurde.

Das Licht fiel voll auf diesen verdammten sargähnlichen Gegenstand aus Glas mit den technischen Geräten am Boden. Es war deutlich zu erkennen, wo und wie der Kopf angeschlossen war, und ich stellte mir die Frage, ob er auch ohne diese Hilfsmittel existieren würde.

Die Brücke zu mir war längst geschlagen worden. Das galt auch für Suko, den ich mit einem kurzen Blick bedachte. Auch er litt unter den Angriffen. Er quälte sich. Er stöhnte, er bewegte seinen Körper so gut wie möglich und schüttelte dabei den Kopf, doch er schaffte es nicht, die Kontakte durch diese Bewegungen zu lösen.

Der Kopf lebte. Was sich unter dem weißen Kittel verbarg, war für mich ein Rätsel. Ein Körper sicherlich nicht, sondern eine Welt aus Technik.

Wilson lebte und reagierte.

Sein Gesicht blieb nicht glatt. Die Lippen zuckten, die Gläser der Brille blitzten, und dahinter bewegten sich die Augen.

Er lächelte. Es war ein böses und zugleich ein triumphierendes Lächeln, denn Wilson befand sich auf der Siegerstraße. Ich hielt noch immer dagegen und sprach ihn deshalb an. Es blieb mehr beim Versuch. Ich war nicht mehr in der Lage, meine Gedanken in einzelne Wörter oder Sätze zu fassen, es drang schließlich nur ein Gestammel aus meinem Mund, das Wilson sicherlich amüsierte.

Was zog das Horror-Hirn aus meinem Kopf? Verlor ich tatsächlich mein Wissen und die Erinnerung?

Ich prüfte es. Ich konzentrierte mich auf das, was ich jeden Tag erlebte. Auf das Aufstehen, auf die Fahrt ins Büro, auf die Namen der Menschen, die mir immer wieder begegneten.

Sir James, Glenda Perkins, die Conollys, auch Jane Collins und Lady Sarah.

Ich kannte die Namen noch. Ich hätte sie sogar leise sprechen können, aber das Schreckliche und Schlimme trat zur gleichen Zeit ein. Ich wusste nicht mehr, in welchem Zusammenhang ich sie kannte oder erlebt hatte. Es waren für mich fremde Personen geworden. Die Erinnerungen an sie hatte man bereits aus meinem Kopf entfernt.

Das allerdings war mir klar geworden, und das wiederum sorgte für einen heftigen Adrenalinstoß, der mich fast schwindlig werden ließ. Wenn es so weiterging, war ich sehr bald nur noch eine Hülle, ein Nichts.

Ich riss mich zusammen. Ich drückte mich wieder in meine Fesseln hinein.

Es war ein verdammter Kampf gegen eine Übermacht, und ich schaffte es, meinen Willen in Worte zu formen.

»Nein, Wilson, nein!«, schrie ich oder flüsterte ich? Der Klang meiner Stimme lag irgendwo dazwischen, aber ich kämpfte hart und verbissen. Es musste weitergehen. Ich konnte mir nicht gefallen lassen, in die Tiefe gerissen zu werden, und deshalb pumpte ich mich irgendwie auf, wobei ich die geistigen Kräfte noch einmal mobilisierte und versuchte, dem anderen eine Sperre entgegenzusetzen. Er war schon tief genug in mich hineingedrungen, und ich wollte ihn nicht noch näher an mich herankommen lassen.

»Sinclair, du kämpfst ja!«

Plötzlich hörte ich die Stimme. Dabei konnte ich leider nicht unterscheiden, ob der Professor mit mir normal sprach oder sich auf dem Weg der Telepathie gemeldet hatte.

Eigentlich hätte ich mich über den Kontakt freuen müssen. Ich war auch bereit, etwas dagegenzusetzen, aber es ging nicht mehr. Man hatte mir den Willen noch nicht nehmen können. Nur mit der Ausführung haperte es. Und so blieb ich liegen, noch immer in den mechanischen und auch geistigen Fesseln des Horror-Hirns steckend.

Dennoch kämpfte ich weiter!

Immer wieder durchrasten mich die Adrenalinstöße. Ich mobilisierte meine letzten Kräfte, obwohl mich Wilson einfach nur auslachte, weil er sich über meine Bemühungen amüsierte.

Dann ›sprach‹ er wieder. »Es ist noch nicht das Ende, Sinclair, noch nicht. Es kommt. Es dauert nicht mehr lange, denn dann wirst du nicht in der Lage sein, dagegen anzukämpfen. Ich gebe zu, dass Suko mir ebensolche Probleme bereitet wie du. Ich habe damit gerechnet, doch kein Mensch kann stärker sein als ich. Wer den überflüssigen Ballast ablegt wie ich es getan habe, der steht über den Dingen. Ich merke, Sinclair, wie sehr du verlierst und immer schwächer wirst. Du kannst es einfach nicht schaffen. Es ist alles so anders. Es läuft an dir vorbei. Euer Wissen geht auf mich über, und ich werde endlich in der Lage sein, die Kontakte auch zu anderen Welten herzustellen. Das ist dann kein Wunder mehr, weil ich es geschafft habe, diese Brücke zu schlagen. Denk daran, dass es bisher nur ein Vorspiel war . . .«

Das nahm ich ihm ab. Einer wie Wilson kannte sich aus und war wahnsinnig stark. Er hatte sich lange genug mit der Manipulation der Menschen beschäftigt.

Der Kontakt zwischen uns brach ab. Für mich war es kein Grund zur Freude, denn ich konnte mir vorstellen, dass dieses Horror-Hirn jetzt alle zur Verfügung stehenden Kräfte sammelte, um in das Finale einzusteigen.

Da würde Zeit vergehen. Es konnte noch eine winzige Chance für mich sein, und ich dachte wieder an mein Kreuz, obwohl ich nicht nur gefesselt, sondern auch geistig völlig erschöpft war.

Die Beretta hatte man mir natürlich abgenommen. Das Kreuz war mir gelassen worden. Seinen Druck spürte ich auf der Brust nicht mehr. Ich fragte mich wieder, ob es Sinn hatte, meinen Talisman zu aktivieren. Es würde reagieren, aber ...

Meine Gedanken wurden unterbrochen. Es wunderte mich schon, dass aus dem Mund des Horror-Hirns ein Fluch drang. Der passte nicht zur allgemeinen Lage. Irgendetwas musste ihn gestört haben. Ich jedenfalls war es nicht gewesen, und sicherlich auch nicht mein Freund Suko.

Ich behielt den Kopf sehr genau im Auge und stellte fest, dass ich nicht mehr angeschaut wurde. Die Augen hatten sich in eine andere Richtung gedreht. Wenn mich nicht alles täuschte, dann war die Tür das neue Ziel.

Die Zeit lief normal weiter. Sie trat in eine Phase der Entspannung. Suko und ich waren plötzlich für das Horror-Hirn unwichtig geworden, und so konnten wir uns erholen.

Ich beschäftigte mich mit mir selbst und wollte erkunden, welchen Erfolg das Horror-Hirn bei seinem ersten Angriff bereits erlebt hatte. Ich erinnerte mich daran, wie leer ich mich schon gefühlt hatte, doch das traf jetzt nicht mehr zu.

Ich war wieder in der Lage, richtig zu denken. Ich erinnerte mich an Namen. Auch daran, wer ich war und welchem Beruf ich nachging. So einfach war es für den Kopf des Professors demnach nicht gewesen, meinen Willen zu brechen. Für Suko galt das sicherlich ebenso.

Warum machte er nicht weiter?

Den Grund erfuhr ich sehr bald. Durch die einzige und sehr konzentrierte Lichtinsel im Raum war die Tür nur ein Schatten, der sich nun bewegte und mich in die Lage brachte, über die Schwelle zu schauen. Hinein in einen Gang oder Flur, in dem sich eine normale Beleuchtung verteilte.

Es war wie bei Suko und mir. Kein anderes Bild. Die beiden Helfer schoben eine Trage in den Raum. Darauf lag eine männliche Gestalt, das sah ich beim ersten Hinsehen. Allerdings konnte ich die Person nicht erkennen. Mir fiel nur ihre dunkle Kleidung auf, die nichts über den Menschen selbst sagte.

Mittlerweile glaubte ich, einen dicken Kloß in der Kehle zu haben. Ich hätte jetzt keinen Ton hervorgebracht, und als die Trage gedreht wurde, verschwand meine Stimme ganz.

Ich erkannte den Mann.

Es war Sir James Powell!

Dass ich still blieb und den Schock einfach hinnahm, darüber wunderte ich mich selbst. Normal wäre es auch gewesen, wenn ich vor Enttäuschung aufgeschrien hätte. An Sir James hatte ich eine Weile nicht mehr gedacht, aber jetzt erkannte ich die gesamte

Tragweite des Plans. Das Horror-Hirn hatte praktisch die kleine Abteilung bei Scotland Yard ausgeschaltet und unter seine Kontrolle gebracht. Wilson würde nicht nur Sukos und mein Wissen anzapfen und übernehmen, auch das von Sir James. Mit diesen Informationen über die Polizeiarbeit würde er einiges anstellen können.

Selbst der größte Optimist hätte jetzt nicht mehr von einer Chance gesprochen. Was hier abging, war der reine Wahnsinn, und er hatte uns getroffen wie ein Hammerschlag. Wäre ich nicht festgeschnallt gewesen, mich hätte der Schwindel sicherlich über den Rand und zu Boden geschleudert.

Wilson merkte, was in mir vorging. Sein Kichern klang wie das eines Kindes. »Nun, habt ihr gesehen, wer da gebracht worden ist? Euer Boss und der große Chef, der plötzlich nicht mehr so groß ist und nur mehr eine Größe an Wissen besitzt, die ich ihm jetzt abnehmen werde, um alles perfekt zu machen.«

Das war keineswegs übertrieben. Mit uns hatte er sein Spiel begonnen, und Sir James war das noch fehlende Glied in der Kette. Er wurde so hingestellt, dass Suko und ich ihn anschauen konnten. Wir bildeten ein Dreieck.

Die beiden Helfer schnallten ihn richtig fest. Ab und zu wurden wir mit Blicken bedacht. Ein kaltes Lächeln hatte sich dabei auf die Lippen der Männer gelegt. Sie arbeiteten schnell und präzise.

Sir James ließ alles mit sich geschehen. Was hätte er auch machen sollen? Ich war mir nicht einmal sicher, ob er uns überhaupt schon gesehen hatte.

Der Kleine kam zu mir. Er schaute auf mich nieder und überprüfte die Fesseln.

»Wie heißt du?«, fragte ich.

»Eagle.«

»Du weißt, was du hier tust?«

»Ja.«

»Es ist ein Verbrechen!«

Eagle wurde sauer. »Halt dein Maul, Bulle, sonst schlage ich dich hier zusammen.«

Das traute ich ihm ohne weiteres zu. Er und Falco waren dem Horror-Hirn treu ergeben und zu Vasallen eines menschlichen Teufels geworden, der nun noch mehr Macht an sich reißen würde.

Ich hatte gedacht, dass Sir James noch bewusstlos war, als er hineingeschoben worden war. Ich irrte mich, denn er bewegte sich und hob auch den Kopf etwas an. Ob er einen von uns sah, war nicht zu erkennen, deshalb sprach ich ihn leise an.

»Sir James ...?«

Sekundenlang herrschte tiefes Schweigen. Der Superintendent war völlig überrascht worden. Er gab keinen Laut von sich, aber wir vernahmen seine heftigen Atemzüge.

»Sie haben sich nicht verhört, Sir. Ich bin es. Suko hat man ebenfalls gekidnappt.«

»Aber Sie leben beide!«

»Mehr schlecht als recht.«

»Das weiß ich, John.« Er riss sich zusammen, um seine Stimme so normal wie immer klingen zu lassen. Sir James schaffte das. Er war so leicht nicht aus der Fassung zu bringen. Er wollte wissen, was man mit uns vorhatte.

»Sprich ruhig weiter, Sinclair!«, erklärte das Horror-Hirn voller Hohn. »Ich höre gern zu!«

Zum ersten Mal hatte Sir James auch die andere Stimme wahrgenommen.

Er kannte die Richtung und bewegte auch dorthin seinen Kopf.

Jetzt musste er den Kopf sehen!

Kein Wort drang über seine Lippen. Zunächst nicht. Dann fragte er: »Wer ist das?«

Diesmal redete Suko. Er wollte beweisen, dass er auch noch vorhanden war. »Das ist Professor Wilson. Oder vielmehr das, was von ihm übrig geblieben ist. Sein Kopf, nicht der Körper. Aber das verdammte Horror-Hirn lebt.«

Sir James musste die Worte erst verdauen. »Tatsächlich ohne Körper?«, fragte er schließlich.

»Ja, Sir. Für ihn ist er nicht wichtig. Wilson sieht sich als Prototyp einer neuen Generation. Das kann man glauben oder nicht, aber es ist so.«

»Ein Kopf, der lebt?«, flüsterte der Superintendent. »Wo sind wir nur gelandet?«

»Am Beginn der neuen Zeit«, sagte das Horror-Hirn. »Sie erleben hier den Triumph der Wissenschaft. Noch in diesem Jahrhundert wird all das, was Sie jetzt sehen, normal sein. Ich aber bin der erste, denn ich habe erkannt, dass der Aufbewahrungsort der menschlichen Seele das Gehirn ist. Es vereinigt alles, was einen Menschen ausmacht. Die körperlichen Funktionen können nachgestellt werden, und das wird auch passieren, denn wenn ich mich mit Ihrem Wissen vollgesaugt habe, dann wird mein Kopf auch mal einen neuen Körper bekommen, das kann ich Ihnen versprechen. Es ist technisch möglich, es wird diese Verbindung geben. Verlassen Sie sich darauf. Aber zunächst muss ich Ihr Wissen besitzen, und daran gibt es nichts mehr zu ändern.«

Er hatte mit einer so großen Überzeugung gesprochen, dass es auch Sir James die Stimme verschlagen hatte und er nichts mehr darauf erwidern konnte.

Auch er gehörte zu den Menschen, die immer wieder in Zeitungen und Magazinen über so genannte Erfolge der Wissenschaftler gelesen hatten. Manche wurden bejubelt, manche verdammt, und gerade die Hirnforschung war ein sehr subtiles Gebiet, auf dem nicht ohne Kontrolle geforscht werden durfte.

Oft passierte das auch, doch immer wieder wurde die Regel unterbrochen, wie eben auch dieser verdammte Professor Wilson vorgemacht hatte.

Falco hatte sich bereits die Kontakte geholt. Wie auch Suko und ich wurde Sir James an das Horror-Hirn angeschlossen, ohne dass er etwas dagegen unternehmen konnte.

Als der Kontakt schließlich hergestellt war, da übernahm Sir James das Wort. »Ich kenne Sie nicht, Professor Wilson, aber das, was Sie hier tun, das ist kein Dienst an der Menschheit und der Wissenschaft. Das ist rein verbrecherisch. Verstehen Sie?«

»So sehen Sie das!«

»Ich sehe es richtig. Für mich gibt es noch Ethik und Moral und demnach auch Grenzen.«

Sir James erntete zunächst ein Lachen. »Ja, diese Sprüche habe ich immer und immer wieder gehört. Gesprochen von Ignoranten, von Menschen, die nicht fähig sind, nach vorn zu blicken und die Dinge anzunehmen, die unausweichlich auf sie zukommen. Aber Sie werden sich damit abfinden müssen, Sir James, ob Sie es wollen oder nicht. Sie können den Lauf der Dinge nicht stoppen. Im Gegenteil, Sie und Ihre beiden Männer werden mir dabei behilflich sein, noch stärker zu werden. Es ist eine Etappe auf dem Weg zur Vollkommenheit, von dem ich nie abweichen werde.«

Es waren verdammt starke Worte, doch niemand zweifelte daran. Längst hatte Sir James den Ernst der Lage erfasst, doch er wollte es genau wissen. »Stimmt es, John, was er gesagt hat?«

»Leider ja.«

»Aber Sie und Suko haben noch keinen Schaden dabei erlitten – oder?«

»Nein. Es war gut, dass man Sie hergeschafft hat, Sir. So haben wir eine Galgenfrist bekommen.«

»Die jetzt beendet sein wird!«, meldete sich der Kopf. »Ich habe Ihnen, Sir James, Zeit gelassen, damit Sie sich auf die kommenden Dinge einstellen können. Wir sind jetzt verkabelt, und ich bedanke mich schon jetzt für Ihr Wissen, das Sie mir nun überlassen werden.«

Eagle und Falco wussten, was sie zu tun hatten. Ohne dass man ihnen einen Befehl gegeben hätte, traten sie zurück.

Eagle verschwand durch die offene Tür und kehrte auch nicht mehr zurück.

Falco blieb im Raum stehen. Er drückte nur die Tür wieder zu, damit uns niemand störte.

Jetzt wurde es wirklich kritisch. Unsere letzte Hoffnung konnten wir vergessen. Es gab keinen Menschen mehr, der einen Sucheinsatz leiten konnte, aber ich wollte trotzdem auf Nummer Sicher gehen, und so wandte ich mich wieder an meinen Chef.

»Sir, wer weiß noch von unserem Verschwinden? Abgesehen von Glenda vielleicht.«

»Niemand, John.«

»Nicht die Conollys oder Jane?«

»Nein, nur Glenda und Shao.«

Suko meldete sich. »Shao ...?«

»Ich glaube kaum, dass sie etwas unternehmen wird oder kann. Sie weiß ja nichts. Ihr ist bekannt, dass Sie und John verschwunden sind, aber wo soll sie anfangen zu suchen?«

Ja, es stimmte. Wo sollte sie anfangen? Die Entführer hatten perfekt gearbeitet. Sicherlich würde man nach Sir James' Dienstwagen fahnden und ihn auch irgendwann finden, wie auch den Fahrer, dem hoffentlich nichts passiert war.

Bis das jedoch eintraf, waren wir drei bereits zu anderen Menschen geworden.

»Ohne Chancen«, machte uns Wilson noch einmal klar. »Ihr seid zwar Menschen, aber ihr habt nicht mehr die Wahl, versteht ihr. Alles liegt einzig und allein an mir.«

Er lachte. Er genoss den Triumph. Ich schaute ihm dabei zu, und das Blut stieg mir in den Kopf.

Der Mund des Professors klappte zu. »Und jetzt!«, flüsterte das Horror-Hirn, »jetzt stehe ich dicht vor meinem größten Erfolg, denn ich werde mir euer Wissen holen ...«

Beiden Frauen war klar, dass ihnen nicht mehr viel Zeit blieb und sie so schnell wie möglich einen Weg in dieses verdammte Gebäude finden mussten.

Sie hatten nicht alles in diesem Raum überblicken können. Dass es dort um Leben und Tod ging, war ihnen schon klar, und da zählte jede Sekunde.

Shao und Jane waren erfahren genug, um auch in derartigen Situationen die Nerven zu bewahren. Trotz der Eile überstürzten sie nichts und gingen systematisch vor. Für sie war wichtig, dass es Verbindungen zwischen den drei Teilen des Gehöfts gab. Sie konnten auf keinen Fall in der Nähe des Zentrums einsteigen und mussten einen anderen, weiter entfernt liegenden Eingang finden.

Jane lief mit langen Schritte vor. Immer an der Reihe der Fenster entlang. Shao blieb hinter ihr. Beide bewegten sich geduckt, doch aus dem Haus wurden sie ihres Wissens nicht beobachtet und vom freien Gelände erst recht nicht.

Jane erreichte die Tür zuerst!

Sie blieb stehen und senkte ihren Blick dem Schloss entgegen. Es sah normal aus. Es wies auch nichts auf eine elektronische Überwachungsanlage hin.

»Bekommst du es auf?«, fragte Shao.

»Nein, nicht ohne weiteres. Ich könnte schießen, aber . . .«

»Lass es sein.«

Das hatte sich Jane auch gedacht. So suchten sie nach einer anderen Chance, um das Haus zu betreten, und da gab es eigentlich nur das Fenster oder auch den Weg über das Dach, das gar nicht mal so hoch lag, denn in diesem barackenähnlichen Bau existierte kein erster Stock.

Dafür eine Dachrinne, die für Jane Collins in diesem Fall zu einer Reckstange wurde. Sie deutete kurz in die Höhe und schaute Shao dabei an. Bevor diese noch nickte, hatte Jane bereits die Rinne gepackt und zog sich daran hoch.

Sie bestand zwar nicht aus Stahl, war aber trotzdem stabil genug, zudem stemmte sich Jane noch mit den Fußspitzen am Mauerwerk ab, schwang das rechte Bein aufs Dach und bekam von Shaos Händen noch den nötigen Schwung, der sie in die Höhe beförderte.

»Okay, jetzt du!«

Shao ging nach dem gleichen Muster vor. Nur wurde ihr jetzt von Jane geholfen.

Sie mussten nicht Recht haben, aber die beiden hatten Recht, denn das flache Dach wurde von einigen ebenso flachen Vierecken unterbrochen. Es waren keine Fenster, sondern Einstiegsluken, und sie befanden sich nur auf dem Dach des Mitteltrakts. Wozu sie früher einmal gedient hatten, interessierte die beiden Frauen nicht. Sie wollten nur eine Möglichkeit finden, in das Haus hineinzukommen.

Das schien zu gelingen, als Jane den Griff einer Luke umfasste und versuchte, sie in die Höhe zu ziehen. Sie strengte sich dabei an, ohne einen Erfolg zu erreichen.

Shao trat hinzu und half. Die Luke war lange nicht bewegt worden. Sie hatte sich an den Rändern fest gefressen. Mit gemeinschaftlichen Kräften schafften es die Frauen, den Einstieg in die Höhe zu ziehen. Beide blieben angespannt stehen und rechneten mit dem Heulen einer Alarmsirene, doch da tat sich nichts.

»Sieht ja nicht schlecht aus«, flüsterte Shao.

»Wenn es nur so bleibt.« Jane blickte nach unten und sah einen dunklen Gang. »Okay, ich springe zuerst.« Sie zog ihre Waffe und behielt sie in der rechten Hand.

»Viel Glück!«

Die Detektivin hüpfte durch die Öffnung. Shao blieb am Rand stehen. Sie bekam den Aufprall der Freundin mit, ansonsten passierte nichts. Nach zwei Sekunden flüsterte Shao in die Tiefe. »Kannst du was sehen?«

»Nein. Es ist auch nicht unbedingt tief. Du kannst springen!«

Auch Shao kam gut auf. Zudem wurde sie von Jane Collins noch leicht abgefangen.

Um den Mitteltrakt zu erreichen, mussten sich die beiden Frauen nach rechts wenden. Es gab so gut wie nichts zu sehen.

An eine Lampe hatte keine von ihnen gedacht. So schlichen sie tiefer in die Dunkelheit hinein. Hin und wieder gab ihnen die Flamme eines Feuerzeugs eine schnelle Übersicht.

Keiner lauerte auf die Eindringlinge, die schließlich von einer Tür gestoppt wurden.

Shao, die vor Jane stand und schon eine Hand auf

die Klinke gelegt hatte, flüsterte: »Wenn die verschlossen ist, sehen wir prächtig aus . . .«

»Versuch es.«

Shao hatte Glück. Sehr leicht ließ sich die Tür öffnen. Die Chinesin zuckte zurück und wäre Jane beinahe auf die Zehen getreten, weil sie von der vor ihr liegenden Helligkeit überrascht wurde. »Ich glaube, wir sind richtig!«, wisperte sie.

Jane spähte an ihr vorbei. In der Tat lag der Flur vor ihr, von dem ab auch die Tür abzweigen musste, die zu dem bewussten Raum führte, in dem sie Sir James gesehen hatten.

Wieder ging Jane vor. Die Beretta hielt sie in der rechten Hand. Dabei zeigte die Mündung nach oben. Sie bewegte sich im Zeitlupentempo, hielt hin und wieder den Atem an und versuchte, jedes Geräusch zu vermeiden.

Bisher hatten die beiden Frauen Glück gehabt, aber das musste nicht so bleiben. Auf sehr leisen Sohlen schlichen sie weiter und passierten dabei drei weitere Türen.

Sie blieben jedes Mal stehen, um zu lauschen. Hinter den Türen war es still.

Es war auch noch ein Stück zu gehen, bis sie das Ziel erreicht hatten. Da sie sich selbst beinahe unhörbar vorkamen, konnten sie sich auf die Umgebung konzentrieren, und sie hörten auch das schleifende Geräusch hinter sich.

Danach ging alles blitzschnell. Bevor Jane sich drehen konnte, hörten sie die Stimme eines Mannes. »Ihr geht keinen Schritt weiter, sonst schieße ich eure Köpfe entzwei . . .«

Dass dies keine leere Drohung war, wussten beide. Sie blieben starr stehen.

Es war also doch nicht so leicht, ungesehen in den Bau einzudringen. Irgendjemand passte immer auf.

Durch Janes Kopf rasten die Gedanken. Trotz der nicht eben positiven Lage gelang ihr ein Überblick. Sie war vor Shao. Der andere stand hinter der Chinesin. Und er hatte die Tür erst geöffnet, als sie von den beiden Frauen passiert worden war. Jane überlegte, ob der Unbekannte sie schon vorher gesehen hatte oder nicht. Vielleicht draußen, vielleicht auch erst hier im Flur. Oder gar nicht. Wenn das zutraf, dann konnte er auch nicht wissen, dass Jane selbst eine Waffe in der Hand hielt. Sie war für den anderen möglicherweise auch nicht sichtbar gewesen, weil Shao ihm eben einen Teil der Sicht genommen hatte.

»Wir mögen keine Besucher. Erst recht keine, die wir nicht eingeladen haben. Dabei ist es uns egal, ob wir von Frauen oder Männern besucht werden. Dreht euch um. Ich schieße anderen Leuten nicht gern in den Rücken.«

Beide hatten die Warnung verstanden. Und beide rechneten damit, dass sie ernstgemeint war.

Jane Collins drehte den Kopf etwas. Sie schaute dabei auch zu Boden, weil sie Shao sehen wollte. Jede ihrer Bewegungen wollte auch sie nachvollziehen, um dann blitzschnell zu handeln. Hier ging es um Bruchteile von Sekunden, denn sie musste schneller sein als der Typ hinter ihnen.

Die Zeit verrann. Shao hatte noch die Hände angehoben, was Jane sehr entgegenkam. Da wurde sie noch weniger von diesem Typen unter Kontrolle gehalten.

Sie sah ihn.

Er war mit einer Maschinenpistole bewaffnet. Er

war ein Teil des Duos, das auch Glenda und John aufgelauert hatte.

Für den Mann waren die Frauen sehr fremd. Die Unterschiedlichkeit der beiden irritierte ihn. Jane sah, dass er mehr in das Gesicht der Chinesin schaute als an ihr vorbei. Und er hielt die Waffe zwar fest in den Händen, doch die Mündung wies nicht auf sie beide, sondern mehr zu Boden.

Es war die Chance.

Jane Collins handelte. Dass sie selbst eine Waffe in der Hand hielt, sah der Mann erst, als es zu spät war.

Da war bereits der Mündungsblitz zu sehen, da hörte er den Abschussknall und erhielt im nächsten Augenblick einen harten Schlag gegen die Brust.

Er kam nicht mehr dazu, seine Maschinenpistole hochzureißen und abzudrücken. Der Stoß katapultierte ihn zurück. Er schrammte an der Wand entlang, stolperte über seine eigenen Füße, hatte den Mund weit geöffnet und spuckte Blut, als er schließlich zusammenbrach.

Er fiel dabei auf seine Waffe und begrub sie unter sich.

Shao schaute Jane aus großen Augen an. Sie war dabei stumm, aber auch erleichtert.

»Es gab keine andere Möglichkeit!«, erklärte die Detektivin.

»Ich weiß.«

Jane gab ihr die Waffe. »Gib mir Rückendeckung.« Sie trat an den Mann heran. Die Kugel hatte seine Brust erwischt und dabei wohl auch die Lunge getroffen. Er lebte noch, aber er würde sterben, das stand fest. Da konnte auch ein Arzt nichts mehr tun. Leider war er nicht mehr in der Lage, noch einige Worte zu sprechen, so nahm Jane Collins nur die Maschinenpistole an sich und fühlte sich jetzt besser.

Der Schuss war laut gewesen. Er hätte auch gehört werden müssen, aber es tat sich noch nichts. Im Flur blieb es still wie in einer Grabkammer, was Jane nicht gefiel.

»Los, wir müssen weiter!«

»Weißt du denn, wo der Raum ist?«

»Nicht genau. Nur weiter vorn!«

Es war wieder der Tanz auf dem heißen Drahtseil, das sie Schritt für Schritt hinter sich brachten. Jane Collins empfand es als ungewöhnlich, dass sich die andere Seite nicht gemeldet hatte, und das blieb auch in den folgenden Sekunden so.

Beide besaßen zu wenig Informationen, um sich ausrechnen zu können, wann sie ihr Ziel erreicht hatten. Aber sie hörten, wo sie eingreifen mussten.

Es war ein Schrei!

Der Schrei eines Mannes!

»Suko oder John?«, hauchte Shao.

»Das werden wir gleich haben.« Jane war jetzt bereit, auch das letzte Risiko einzugehen.

Mit einem Ruck riss sie die Tür auf und schaute auf eine unglaubliche Szene . . .

Die Angriffe waren wie brutale Schläge, die nicht nur mich, sondern auch Sir James und Suko erwischten. Das Horror-Hirn machte jetzt ernst. Es setzte alle Kräfte ein, die ihm zur Verfügung standen, und zumindest ich hatte immer mehr das Gefühl, als wäre ein Werkzeug damit beschäftigt, mein Gehirn zu zersägen. Mit diesen stoßartigen Attacken hatte ich nicht gerechnet, und so hatte ich das Gefühl, dass ständig etwas in meinen Kopf hineingepumpt wurde, aber noch mehr herausgezogen wurde.

In meinem Zustand suchte ich nach einem Vergleich, wo ich ähnliches erlebt und durchlitten hatte. Ich fand keinen. Es war auch nicht mit einer Zeitreise zu vergleichen oder dem tiefen Fall in den Schacht der Bewusstlosigkeit. Hier wollte jemand an mein Innerstes, vielleicht sogar an meine Seele, wenn man wirklich davon ausging, dass sie sich tatsächlich im Kopf befand. So bekam ich dann auf diese Art und Weise die Theorie des Horror-Hirns bewiesen.

Es hatte keinen Sinn mehr für mich, dagegen anzukämpfen. Professor Wilson war einfach zu stark.

Irgendwie brachte ich es einfach nicht fertig, die Augen zu schließen, und so traf mein Blick den verdammten Kopf. Ich wollte sehen, was sich im Gesicht des Professors abspielte, und erlebte eine Enttäuschung, weil sich dort nichts tat.

Er konzentrierte sich. Die Augen hinter der Brille hielt er geschlossen, und er war damit beschäftigt, aus drei Menschen Informationen hervorzusaugen. Es musste für ihn eine irrsinnige Anstrengung bedeuten. Da konnte sogar ein Kopf platzen.

Darauf hoffte ich vergebens. Die fremde Macht drang in mein Gehirn ein und erfasste jeden Winkel. Mir war bekannt, dass sich das Gehirn in mehrere Teile aufteilte. Es gab ein Großhirn, es existierte ein Kleinhirn. Da gab es Zentren für die Sinne, für die Erinnerung, für den Eros, für das logische Denken und so weiter, aber das alles war in diesen Augenblicken nicht mehr existent.

Mich gab es nur als Körper. Ich merkte auch, wie ich allmählich davonschwamm. Ich nahm die Umgebung noch wahr, hätte aber nicht sagen können, was ich da sah, denn es wurden keine Informationen mehr weitergeleitet.

Und dann fiel der Schuss!

Mein Gehör funktionierte noch, und auch das des

Aufpassers Falco. Plötzlich wirbelte er auf der Stelle herum und wollte zur Tür hinlaufen, aber Wilsons Stimme stoppte ihn.

»Nein, noch nicht!«

Und genau dieser Befehl und das sich darauf Konzentrieren des Hirns stoppte die Verbindung zwischen uns. Schlagartig fiel dieser Schrecken wieder von mir ab. Ich lag da und nahm die Umgebung wieder wahr, aber ich war jetzt auch in der Lage, sie als normaler Mensch zu sehen. Mein Gehirn wurde wieder mit Informationen versorgt, auch wenn ich noch das Gefühl hatte, mit dem Kopf in einer Presse zu stecken.

Falco überlegte. Es drängte ihn noch immer, zur Tür zu laufen, um im Flur nachzuschauen, denn dort war der Schuss gefallen. Er zielte auf die Tür und erwartete jeden Augenblick einen Eindringling.

Suko und Sir James bewegten sich ebenso wenig wie ich. Wir blieben starr wie die Leichen liegen und konnten nur hoffen, dass der Schuss für uns positiv war.

Falco hielt es nicht aus. »Da ist jemand eingedrungen«, zischte er dem Horror-Hirn zu.

»Ich weiß es!«

»Ein Fremder!«

»Ja.«

»Und Eagle?«

»Er wird ihn erschossen haben!«

Falco schrie vor Wut. Er widersprach nicht oft. In diesem Fall musste er es einfach tun. »Hätte Eagle geschossen, dann hätte es sich anders angehört. Der hat eine Maschinenpistole. Er schießt damit nicht nur einmal. Der hämmert eine Salve raus. Das ist etwas anderes gewesen. Es kann sein, dass es ihn erwischt hat.«

»Dann schau nach!«

»Gut!« Falco lief zur Tür hin. Nach einem Schritt schon sprang er zur Seite, denn die Tür wurde heftig von außen aufgezogen, und auf der Schwelle malte sich der Umriss einer Frau ab, die eine Maschinenpistole bei sich hatte.

Es war Jane Collins!

Die Detektivin war ebenso überrascht wie alle anderen. Beim ersten Blick durch das Fenster hatte sie nicht viel erkennen können. Jetzt lag die gesamte Szenerie vor ihr. Sie sah auch, in welcher Lage sich ihre Freunde befanden. Und selbst Sir James hatte sich die andere Seite geholt. Am schlimmsten war der Kopf in diesem Glasgerät, der mit den anderen Köpfen verbunden war. Jane Collins hatte sofort den Eindruck, dass es nur den Kopf gab und keinen Körper. Sie wusste nicht, woher das Wissen kam, es war einfach da. Ein scharfes Lachen unterbrach ihre Gedanken. Sie schaute nach links – und sah Falco.

Jane zielte in den Raum hinein. Die Waffe des Mannes aber war auf die Detektivin gerichtet, und diesmal konnte sie den Mann nicht überraschen.

»Eine Frau«, flüsterte Falco, »dazu noch bewaffnet. So etwas habe ich mir immer vorgestellt. Lass fallen!«

Jane gehorchte. Sie schrak zusammen, als die Maschinenpistole zu Boden fiel.

»Geh zwei Schritte von ihr weg!«

Jane ließ sich nicht aus der Ruhe bringen. Sie tat genau, was man ihr gesagt hatte. Der Killer hatte nur Augen für sie. Er dachte gar nicht daran, zur Tür zu schauen, denn dort zeichnete sich schwach eine zweite Frauengestalt ab, die noch im Gang stand, aber alles beobachtete.

Das fiel mir auf. Ob auch Suko und Sir James Shao entdeckt hatten, konnte ich nicht sagen. Jedenfalls waren unsere Chancen, am Leben zu bleiben, stark gestiegen. Mein Gehirn erlebte auch keinen Angriff mehr. Ich konnte ebenso denken wie früher.

Falco nickte. »Das war's dann!«, sagte er.

»Wieso?«

»Ich werde dich erschießen!«

Jane fing nicht an zu betteln oder zu wimmern. Sie blieb aufrecht und fragte stattdessen: »Wenn ich schon sterben soll, wäre es nur fair, mir einiges zu erzählen. Dann könnte ich Ihnen auch sagen, was mich hergetrieben hat.«

»Nein!« Wilsons Kopf meldete sich. »Lass dich auf nichts ein! Töte sie! Alles andere wird sich ergeben!«

Falco grinste. »Du hast gehört, was ich tun soll. Ich habe dem Professor immer gehorcht.«

»Ihr Fehler!«, konterte Jane.

»Nein, bestimmt nicht!« Er hob die MPi etwas an und drückte sie auch zur Seite.

Und dann fiel der Schuss!

Nicht Falco hatte geschossen, sondern die Person, die wie ein Geist auf der Türschwelle erschienen war. Shao hatte sich aus dem fahlen Licht gelöst, und sie hatte genügend Zeit gehabt, um genau zu zielen. Es war der finale Schuss gewesen, der Rettungsschuss, denn die Kugel traf den Kopf des Mannes.

Falco stieß nicht einmal einen Schrei aus. Er kippte auch nicht sofort um, er hielt sich noch auf den Beinen, was wir alle sehr ungewöhnlich fanden, aber in ihm musste eine irrsinnige Kraft stecken.

Dann hob er den rechten Fuß sogar noch an. Es war die letzte richtige Bewegung, denn er fiel plötzlich nach hinten, drehte sich dabei noch und hielt die Maschinenpistole wie einen letzten Rettungsanker fest.

Es gab genügend Zeugen, die sahen, was dann passierte. Falco konnte nicht mehr auf den Beinen bleiben. Er musste schon tot sein, und er war auch nicht mehr in der Lage, die Richtung des Falls zu bestimmen. So kam es, wie es kommen musste.

Sein Körper kippte nach vorn und genau auf den Gegenstand zu, in dem sich der Kopf des Professors befand. Zusätzlich wurde das Gewicht des Fallenden noch durch die Maschinenpistole verstärkt, und sie rammte er unfreiwillig zuerst gegen das Hindernis, das dem Druck nicht standhielt, zersplitterte und als Scherbenhaufen in sich zusammenfiel.

Der Tote fiel weiter. Nichts hielt ihn mehr auf, und er schlug gegen den Kopf.

Wir waren mit ihm verdrahtet, doch das hörte auf. Durch die Wucht des Aufpralls wurden die Verbindungen gekappt. Der fallende Körper räumte den Kopf vom Sockel. Beide fielen in die Scherben hinein, und Wilsons Schädel wurde unter Falcos Körper begraben.

Zum ersten Mal bekamen wir eine freie Sicht. Der Kopf war auf einem Gestänge festgeschraubt worden. Es war durch den Kittel verdeckt worden, wie auch die obere Metallplatte, mit der der Kopf verbunden gewesen war. Die Geräte, die für die nötige Energie sorgten, funktionierten nicht mehr. Die Anschlüsse waren gekappt worden, und so konnte der Prototyp nicht mehr leben.

Shao kam in den Raum. Sie ging wie eine Marionette. Die Beretta hielt sie umkrampft, und als sie in Janes Nähe kam, legte die Detektivin einen Arm um sie.

»Es ist okay, Shao, du hast alles genau richtig gemacht. Ich ... ich ... danke dir ...«

Das Lebenswerk des Professor Wilson lag in Trümmern. Er war von dem erreicht worden, dem auch er nicht entgehen konnte, obwohl er es versucht hatte.

Aber der Tod holt sich irgendwann alle ...

»Dann wäre es doch mal gut, wenn eine der Damen uns befreien könnte.« Sir James hatte die Sprache als erster zurückgefunden. »Ich habe das Gefühl, allmählich taub zu werden.«

Jane konnte wieder lachen. Es klang etwas zu laut, aber auch erleichtert. »Natürlich, Sir.«

Sie löste die Fesseln. Shao kümmerte sich gleichzeitig um Suko, während ich noch warten musste, was mir aber nichts ausmachte. Ich merkte jetzt die Erleichterung, die mich wie ein Schwindel überfiel. Wir hatten den Horror tatsächlich überstanden und überlebt. Wahnsinn, denn damit war nicht zu rechnen gewesen. Zwei Frauen hatten uns vor einem schrecklichen Schicksal bewahrt. So war der Begriff vom schwachen Geschlecht damit auf den Kopf gestellt worden.

Jane kam auch zu mir. Sie tat noch nichts und schaute mich sehr ernst an.

Ich wollte ihr etwas sagen, doch sie schüttelte den Kopf. »Nein, John, lass es bitte. Ich kann mir vorstellen, wie es in dir aussieht und wie schwer es dir fällt.«

Mit einem Nicken deutete ich an, wie Recht sie hatte. Sie löste mir die Fesseln. Es war kaum zu fassen, dass ich mich wieder frei bewegen konnte. Aber Jane musste mir hochhelfen. Es würde schwer sein, wieder normal zu gehen, weil der Kreislauf in Mitleidenschaft gezogen war.

Ich versuchte es trotzdem und ließ mich von Jane führen. Wir gingen auf die Trümmer zu. Dort standen bereits Shao und Suko. Wer den Kopf frei gelegt hatte, wusste ich nicht. Aber er lag auf dem Boden, die Augen verdreht, und das Licht von der Decke strahlte genau gegen ihn. Ein scheußliches Bild. Ein Schädel, der endlich das Schicksal des Körpers erlitten hatte.

Offene Augen, ein offener Mund. Wie zu einem letzten Schrei geöffnet.

Es war totenstill geworden, und in diese Stille drang Sukos leise Stimme.

»John, wie heißt noch der größte britische Dichter?«

»Shakespeare.«

»Richtig.«

»Wie kommst du beim Anblick des Kopfes gerade auf ihn? Meinst du damit seine Dramen wie . . .«

»Nein, er hat noch etwas anderes gesagt, das ich hierzu passend finde.«

»Woran denkst du denn?«

»An den Ausspruch: Der Rest ist Schweigen. So kann ich nur hoffen, dass hinter Wilson keine schweigende Mehrheit gestanden hat und dass dies hier die Tat eines Einzelgängers gewesen ist.«

Dem brauchten wir nichts hinzuzufügen . . .

ENDE

Engelsgesicht

Als Blutgräfin war Elisabeth Bathory in die ungarische Geschichte eingegangen. Oder als weiblicher Dracula. Nur tank sie das Blut der jungen Mädchen nicht, sie badete darin, um sich Jugend und Schönheit zu erhalten.
Die Bathory starb grausam. Aber sie war nicht vergessen. Jahrhunderte später erinnerte sich eine Frau an sie.
Als Lisa Barton saugte sie den unheilvollen Geist der Blutgräfin auf, um sich in der neuen Zeit so zu verhalten wie die Adelige damals.
Und somit kamen auch Suko und ich ins Spiel …

3–404–73236–7

BASTEI
LÜBBE

Jünger der Finsternis

Geisterjäger John Sinclair ist die erfolgreichste Horror-Romanserie der Welt. BASTEI LÜBBE veröffentlicht hier acht längst vergriffene Einzelbände. Dieser Band enthält folgende Romane:

Um Mitternacht am Galgenberg
Horror-Rock
Das Geistergrab
Herr der roten Hölle
Colette und ihr Fallbeil
Die Leichenkutsche von London
Der Ripper kehrt zurück
Die Hexeninsel

3–404–73927–2

BASTEI LÜBBE